지나가기 혹은 영원히 남아 있기

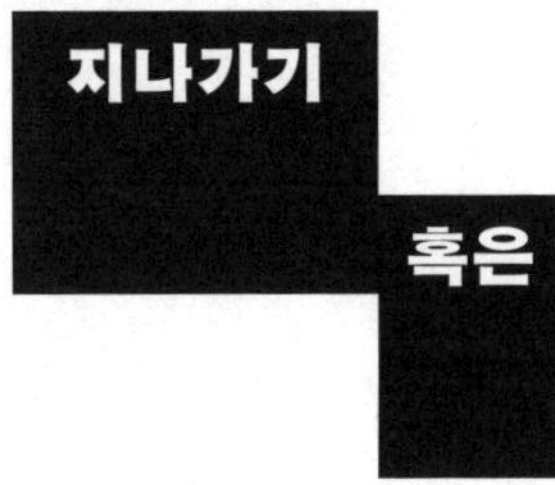

민음사

차례

먼저 구성에 대한 이야기를 하는 게 좋을 것 같다. 이 책은
연재 형식으로 쓰였던 세 편의 글로 이루어져 있다. 1부
「영화에 대한 것은 아닌」은 지금은 사라진 웹진 《던전》에
연재했던 글로, 그때까지 내가 썼던 모든 종류의 글(일기,
시, 소설, 평론 등) 중에서 '영화'라는 단어나 특정한 영화의
제목이 들어간 글을 골라 엮었다. 물론 실제로 연재를
하면서 새로 쓰게 된 글들도 있다.

2부 「네이버 블로그 챌린지」는 2주 동안 매일 블로그에
글을 올리면 현금으로 사용할 수 있는 네이버페이 2만
원을 준다고 했던 최초의 네이버 블로그 챌린지가 열렸을
때 썼던 글이다. 나는 내용에 제한을 두지 않고 하루하루
떠오른 생각들을 무엇이든 적으려고 했다. 그런데 예상
외로 너무 많은 사람들이 이 이벤트에 참여하면서
네이버는 이 챌린지를 긴급히 중단했고, 이에 대한 사과와
함께 이벤트 형식의 점검을 거쳐 블로그 챌린지를 다시

열겠다는 공지를 했다. 실제로 이후에 네이버는 좀 더
정돈된 형식과 감당 가능한 보상으로 블로그 챌린지를
재개했다. 하지만 이 글은 그렇게 블로그 챌린지가 다시
재개되기 전에 쓰였다. 왜냐하면 나는 갑작스레 내 돈 2만
원을 들고 도망친(것처럼 당시로서는 느껴졌던……) 네이버가
돌아올 것이라는 것을 믿지 못했고, 어찌 되었든 시작한
챌린지를 어떻게든 이어 가는 것이 그 돈을 되찾기 위한
유일한 방법이라고 생각했기 때문이었다. 그렇게 2주 동안
블로그에 이런저런 글을 쓰며 챌린지를 완수했지만 물론
네이버페이 2만 원이 생기는 일은 없었다. 그리고 거기에
너무 힘을 쓴 나머지 나는 나중에 재개된 블로그 챌린지에
참여하지 못했다.

3부는 모종의 이센스론이라고 할 수 있다. '모종의'라는
단어를 붙인 이유는 이 글이 전혀 체계적이지도 않고,
전문적이지도 않으며, 먼발치에서 종종 한국힙합을
접했던 팬으로서 바라본 모호한 시각에 근거해 있고, 또
단지 이센스와 김심야에 대한 이야기라고 하기에는 나
자신과 문학에 대한 말들을 하는 데에 초점이 맞춰져
있기 때문이다. 나는 이 연재를 다음과 같은 안내와 함께
시작했었다.

"이센스 이야기 연재합니다. 일주일에 한 번 정도
올라갈 것 같고, 분석 비평 그런 거 아니고 지극히 개인적인

감상입니다. 그리고 이센스 노래 들으면서 그냥 들었던
생각, 저의 사적인 경험 이야기, 이런 것들…… 김심야
얘기도 같이 하고요. 인용도 정확하진 않습니다. 생각나는
대로, 왜냐면 하나하나 다 찾으면 시간도 너무 오래 걸리고
그러다 다 못 쓸 것 같아서…… 너무 좋아하는 아티스트라
언젠가 글도 꼭 써 보고 싶었고, 차일피일 미루다 먼저 죽을
게 뻔하고, 겸사겸사 내 얘기도 좀 하고 그러려고요……."
(물론 이 책을 만드는 과정에서 인용은 틀린 부분이 없도록
세심하게 손보았다.)

시를 본격적으로 써 보겠다고 처음 마음을 먹었을 때,
나는 아무리 재능이 없는 사람이라도 열심히 노력한다면
시집 한 권 정도를 내는 것이 불가능한 일은 아닐 것이고,
늦더라도 대략 10년 정도를 투자하면 그 목표를 이룰 수
있을 것이라고 생각했다. 물론 그렇게 투자를 하고 나면
10년 후의 내 삶이 몹시 힘들 것이라고 생각했지만 당시의
나는 10년 후의 나도 아니었고, 그 힘들다는 게 어떤
모습일지 상상할 능력도 없었다. 그 생각을 처음 한 지 벌써
10년이 조금 넘게 지난 지금의 시점에서 보면, 당시의 나는
우리의 삶과 생활을 이루는 데 필요한 많은 요소들을 너무
가볍게 생각하고 있었고, 문학과 예술에 대해 많은 것들을
오해하고 있었으며, 그중 일부는 도대체 왜 그런 생각을
했는지 모를 정도로 얼토당토않은 것들도 있었다. 사실은

그런 생각들이 너무 많아서 마음이 아플 정도다. 돌아보면
나는 그 생각들이 얼마나 얼토당토 않은 것인지에 대해
생각하지 않기 위해서 무엇인가를 계속 열심히 기록하려고
했던 것 같기도 하다. 시간적으로 이 책에 실린 세 편의
연재 글은 각각 그렇게 목표로 했던 한 권의 시집을 아무런
전망도 없이 묶어 가던 때, 또 어떻게 운 좋게 계약이
되어 시집이 나오기 직전, 그리고 시집이 나온 후 내가
했던 모든 얼토당토않은 생각들이 불러온 현실을 차차
마주해야 했던 시기에 차례로 쓰였다. 물론 이는 예전에
내가 생각했던, 혹은 전혀 하지 않았던 삶의 모습과 지금
내가 처해 있는 상황이 정말 아주 많이 달라서 수시로
깜짝깜짝 놀라게 된다는 의미이지, 무슨 지난 선택을
후회한다는 뜻은 아니다. 게다가 늘 그렇듯 나쁜 일들처럼
좋은 일들도 뜻하지 않게 일어나곤 한다. 가령 나는 그냥 이
세 편의 글을 묶어 보면 좋겠다고 생각했을 뿐인데, 우연히
그 글들이 쓰인 시기가 어떤 흐름을 갖고 있어서 이렇게
서문에 쓸 거리가 생긴 것처럼 말이다. 이 책은 그런 모든
일들에 대한 기록이기도 하다.

영화에

대한

것은

아닌

영화에

1부

지난 일들
혹은
아직 오지 않은 미래에 대한 생각들

18.01.29

건전한 일기라고 한다면 역시 했던 일들, 일과를 기록하는
일기 같다. 얼마 전에 「더 랍스터」를 만든 감독의 다른
작품 「송곳니」를 봤다. 매우 인상적이었다. 「더 랍스터」는
「송곳니」의 매우 대중적으로 순화된 작품이라는 느낌을
받았다. 그에 대해 리뷰를 쓰려고 했지만 귀찮아서 말았다.
요새는 뭘 하려고 해도 해서 뭐 하나, 라는 생각이 우선
든다. 그러니까 자기가 재밌어하는 걸 해야 하는데, 음.
정확히는 자기가 하는 걸 자기가 재밌어해야 하는데 나는
그런 사람이 아닌 건가? 나도 잘 모르겠다.

어제는 미술관에 다녀왔다. 요나스 메카스 감독의
작업물들을 봤는데 정말 좋았다. 우선 전시실을 그렇게
꽉꽉 채울 수 있다는 게 대단했고, 작업 방식과 결과물들도
마음에 들었다. 우연히 시간이 맞아서 음…… 어떤

해설자?분의 해설을 들었는데, 그분은 요나스 메카스를
소개할 때 최초라는 말을 유독 많이 하셨다. 그것 말고는
대체로 좋은 해설이었다. 미술 비평 공부를 하는 다른 친구
생각이 났다. 국립현대미술관에서 일하게 되면 그쪽에서는
상당한 성공이겠지? 그렇게 생각하니 그 해설자분이 뭔가
좀 부럽기도 했다. 아닌가. 그냥 착취당하는 알바생이었을
수도 있다. 인턴 같은 것. 나는 그쪽 사정은 잘 모른다……

17.10.02

연휴가 길다. 오래 쉬는 건 좋지만 알바를 쉬게 되면 그만큼
11월에 받을 월급이 줄어드니 걱정이다. 동생은 단기
아르바이트를 하는데 나는 글쎄…… 해야 된다고 생각은
하지만 이렇게 오래 쉬어 본 지가 적어도 1년은 넘어서
하고 싶지 않은 마음이 너무 크다. 공부도 이 틈에 많이 해
놓고 싶고. 여름이 끝나기 전에 한 번은 봐야겠다고 생각한
친구들을 이번 연휴에나 보게 되었다. 저번에 갈까 했던
낭독회는 결국 가지 않았다. 여러 이유가 있었다. 집 앞
카페에 있다가 잠깐 나와서 담배를 피우는데 아직은 튼튼해
보이는 할머니가 내게 라이터를 빌렸다. 학생 라이터 있죠?
그리고 뭐라뭐라 하면서 담배를 꺼내는데 손길이 아주

능숙하다고 느꼈다. 뭔가 할머니 스웩이라고 할 만한 것을 느꼈다. 가령 「매드맥스」 같은 영화에 나오는 아주 늙고 다부진 대장장이 같은 인물을 떠오르게 했다. 끊었다가 7개월만에 다시 피우는 거라고 했나……. 하지만 7개월인지 7일인지 모를 일이라고 생각했다. 공백이 느껴지지 않는 손놀림이었다. 그냥 내가 전혀 잘못 들었던 건지도 모른다. 음…….

이런저런 생각을 하며 지낸다. 대개 지난 일들에 대한 생각이거나 아직 일어나지 않은 일들에 대한 생각이다. 아니면 나와 전혀 관련 없는 개념적이고 철학적인 생각들이거나. 아무튼 내가 생각한 것들을 글로 잘 쓰지 않으려는 이유들 중 하나는 그것들이 별로 좋지 않기 때문이고, 하나는 그것들이 아주 좋기 때문이다. 사실 나는 내가 이것저것 글을 썼다가 유명해져 버리면 어쩌지 하는 걱정을 많이 한다. 아마 그런 생각은 망상에 가깝겠지만 어쨌든 나는 그런 망상을 하고 있다. 어느 정도까지라면, 유명해지는 건 아무 때나 할 수 있다. 모르겠다. 아닐지도 모른다. 어차피 나는 가령 김영하나 빅뱅처럼 유명해지는 걸 말하는 건 아니다.

아무튼 철학 텍스트를 읽은 지 이제는 정말 꽤나 많이 오래 되었지만…… 가끔 내가 아직은 이해할 수 없는 텍스트를 단편적으로 접하더라도 그것이 어렵다고 생각되진 않는다. 어떤 부분을 공부하면 저걸 읽을 수 있게 되겠지, 라는 생각만 들 뿐이다. 한편 시에 대해서는 내가 이 시기에 이런 짓을 하고 있을지 전혀 예측하지 못했다고 말할 수밖에 없다. 기초적인 공부를 하느라 실제로 시를 쓰지 못한 게 벌써 몇 개월이다. 처음 계획은 빠르면 11월 정도에는 다시 쓰기 시작하는 거였는데, 12월은 되어야 다시 쓸 수 있을 것 같다. 이런 말은 이상하기 때문에 다른 친구들에게 잘 하지는 않는다. 시를 쓰지 않는 시 공부라는 게 내가 생각해도 좀 이상하기 때문이다. 사실 내가 생각하기에 이상하진 않다. 다만 말이 되지 않는 것처럼 들릴 거라고 생각하는 것이다. 그래도 말이 되는 부분이 있겠지.

「어벤저스」와
친구들의 글

요즘은 의욕이 별로 없는 것 같다. 그걸 알 수 있는 신호는
아침에 일어나는 게 힘들다는 것이다. 뭔가 아침에 눈이
확 뜨일 때가 있고 어서 일어나서 학교를 가든 씻기 전에
카페를 잠깐 다녀오든 하고 싶을 때가 있는 반면에 그냥
무기력하게 누워 있고 싶다는 생각이 들 때가 있다. 생각만
드는 게 아니라 실제로 일어날 힘이 잘 나지가 않는다.
그래서 누워 있는다 해도 뭐 좋은 것도 아니다. 기분만
나쁘지. 근 2년 간 하던 아르바이트를 그만뒀는데 딱히
좋은지를 모르겠다. 돈이 없어서 그런가. 일을 나갈 때는
싫었지만 막상 일을 그만두고 보니 그렇게라도 다니는 게
정신적으로 더 건강한 것 아닌가 하는 생각도 들고. 아무튼
일을 그만뒀지만 하루는 짧다. 더 짧은 것 같기도 하고. 뭘
해서 짧은 건지 안 해서 짧은 건지도 잘 모르겠다.

일을 하고 싶은 이유는 뭐랄까, 자기만의 방을 갖고 싶은 이유와 비슷하다. 물론 직장은 자기만의 방이 아니다. 내 말은 문학이나 여타의 공부와 좀 관련되지 않은 삶의 영역을 갖고 싶다는 뜻이다. 가급적 출판사에서는 일하고 싶지 않은 이유이기도 하다. 일자리를 주면 가겠지만. 돈은 벌어야 하니까. 그래도 좀 부품 같은 게 되고 싶다. 기계적이고 반복적인 일. 엄마는 지금 프랑스에 있다. 제주도에서 경리를 하면 참 좋을 것 같다. 얼마 전에 어디 연구소 사무직을 하는 사람을 알게 됐는데 내게는 너무 좋은 일자리로 느껴졌다. 어제 『감상 소설』을 좀 읽었는데 「생활과 L의 유령」이라는 짤막한 단편이 아주 재밌었다. 양선형 소설은 뭔가 어려울 것 같은 이미지였는데 막상 읽으니 술술 잘 읽히는 편이다. 책도 두꺼워서 좀 압박감을 느꼈는데 여백을 넉넉히 둔 모양인지 페이지도 금방금방 넘어간다. 하긴 가볍기도 가볍다. 양선형의 등단작인 「스나크 사냥」을 읽고 궁금해서 심사평을 찾아보기도 했다. 소설 자체에 대한 얘기는 별로 없었다. 아무튼 생각보다 금방 읽을 것 같다. 오늘이나 내일쯤이면 다 읽겠지. 두 번 읽을 시간은 없을 것 같다. 유튜브를 돌아다니다가 우연히 도마라는 그룹인지 가수의 노래를 들었는데 좋았다. 좀 더 찾아보니 예전에 「온스테이지」에서 했던 라이브를 한 번 들었던 가수였다. 이번 주 토요일에는 다른 가수의 공연을

보러 갈 예정이다. 다음 책은 뭘 읽을까 싶다. 뭘 하나를
읽으려 해도 이게 입대 전 마지막 책일 수도 있다고 생각이
드니까 좀 쓸데없이 고민이 많아진다. 그런 건 안 하는 게
낫겠지. 나는 영화를 보고 싶은가 보기 싫은가 생각을 했다.
잘 모르겠다. 또 어떤 텍스트들에 대한 독해를 짧은 글로
쓰고 싶은가 그것도 잘 모르겠다. 둘 다 별로 하고 싶지
않은 것 같다. 그런데 왜 하고 싶지 않은데 하고 싶은 건지
자문하게 되는 걸까 잘 모르겠다. 아무튼 지금은 별로 하고
싶지가 않다.

18.05.01

영화 관련 글을 올리는 블로그를 몇 개 찾았다. 다들
성실한 필자인 것 같았고 앞으로도 재밌게 구독할 수
있을 것 같다. 별일이 없다면……. 나는 글을 다 비공개해
놓은 상태라 이웃추가 하기가 애매했는데 뭐 딱히 도리가
없었다. 어제 문지에서 올린 공지를 확인했는데, 황당하다는
생각이 들 수밖에 없다. 이에 대해서는 나중에 얘기할
기회가 있을 거라 생각한다. 이번 주는 이래저래 좀
바쁠 것 같다. 약속도 몇 개 있고 축가 연습도 해야 된다.
요즘에도 이것저것 생각을 하기는 하지만 곧 그만두고

만다. 글로 쓸 일은 더더욱 없을 것 같다. 물론 생각은 바뀔 수 있는 거지만…… 요즘엔 어차피 다 아는 얘기를 글로 쓰는 게 무슨 소용인가 싶기도 하다. 쓰면서 재미를 느끼니 쓴다고 할 수도 있겠지만. 그렇다면 그런 것에는 흥미가 떨어졌다고 해야 할까. 그냥 이런저런 작품들에 대한 감상글이나 쓰자면 쓸 것 같다. 아…… 그러고 보니 얼마 전에 「어벤저스」를 봤다. (스포 없음.) 엔딩크레딧이 끝나면 쿠키 영상이 있다. 다른 「어벤저스」 영화들보다는 약간 실망스러웠는데…… 크레딧이 인상적이었다. 스크린을 꽉꽉 채워 끝나지 않고 올라가는 크레딧을 보고 있자니 이게 현대판 피라미드구나, 그런 생각이 들었다. 이건 이제 단순한 영화가 아니고…… 뭐랄까…… 재미없다고 안 봐도 되는 그런 게 아니라고 생각했다. 인공위성 발사를 집에서 10분 거리에서 볼 수 있다면 봐야 하지 않겠는가. 뭐랄까 찍는 장소도, 찍는 사람들도 문자 그대로 전 지구적이고, 우리 시대의 최첨단의 어쩌고저쩌고라는 점에서 그 자체로 볼 만한 가치가 있는 것 같다. 「어벤저스」는 앞으로도 꾸준히 볼 것 같다. 「어벤저스」와 관련해 또 하나 흥미로운 것은 히어로 배역을 맡은 배우들이 현실에서 보여 주는 모습들이다. 말하자면 그들은 현실에서도 그들이 연기한 히어로의 정체성을 어느 정도 가지고 있는 것처럼 보인다. 대표적으로 나는 아이언맨을 연기한 로버트 다우니

주니어와 스파이더맨을 연기한 톰 홀랜드에게서 그런 것을
크게 느낀다. 특히 스파이더맨에 관련해서라면 원래 샘
레이미의 스파이더맨을 연기했던 토비 맥과이어에게서는
전혀 그런 느낌을 받지 못했었기에, 대조적으로 흥미로운
부분이 있다. 정말 여러 측면에서 생각을 해 볼 수 있겠지만
역시…… 언젠가 세상은 영화가 될 것이라는 말이 우선
떠오른다. 아무튼 그렇다. 요즘에는 태도에 대해서 생각
중이다. 좋은 태도를 갖고 싶다. 좋은 태도가 뭔가를 해결해
주는 것은 전혀 아니지만 그럼에도 불구하고…… 내가
생각하는 좋은 태도를 내가 취할 수 있으면 좋겠다. 그것은
범박하게 말하면 혼자서 꾸준히 열심히 하는 것, 외부의
이런저런 사정들과 나 자신의 이러저러한 욕망으로부터
자유로워질 수 있는 것이다. 자유를 획득하고 싶은 가장 큰
이유는 그렇지 않으면 고통스러울 수밖에 없기 때문이다.
나는 늘 잘 사는 것을 최우선으로 두고 생각한다. 잘 살기.
잘 살아야 하고, 잘 살고 싶다.

「플로리다 프로젝트」와
이런저런 생각들

2018년 5월 1일에 쓴 일기 중 황당하다고 했던 "문지에서
올린 공지"가 무슨 내용인지 모르겠다. 찾아보면 금방
알겠지만 아마 시 부문 등단자 없음에 대한 내용이었던
것 같다. 지금 생각해 보자면 그렇게까지 황당할 일은
아니었던 것 같기도 하다. 사실 황당할 일은 별로 없다.
거의 없거나 별로 없거나 그냥 없다…… 있겠지만. 최근에는
정말이지 영화를 보지 못했다. 지금으로서는 영화가 좀
보고 싶기도 하다.

어제 「플로리다 프로젝트」를 봤다. 너무 재밌고 너무 슬프게

봤는데 막상 영화관을 나오고 보니 이게 정말 좋았던 건가 싶었다. 왜 그런 느낌이 들었을까 이상하게도 이해가 잘 되지 않았다. 어떤 부분이 내 마음에 걸렸던 건지, 어디가 마음에 들지 않았던 것인지 모르겠다. 너무 재밌고 너무 슬프게 봤는데 왜 너무 좋지는 않고 그냥 좀 좋네, 라는 생각만 들었을까. 나는 그냥 좀 더 무덤덤하게 볼 수 있는 영화를 좋아하는 건가 싶기도 했다. 별 감정이나 생각이 동하지 않는 영화들. 조용한 영화들. 아무튼 좋으면 왜 좋은지 안 좋으면 왜 안 좋은지 잘 모르겠다는 생각은 보통 내게는 잘 들지 않는 것이기 때문에 이상했다.

솔직히 말해서 일반적으로 영화에서 색감이 좋았다느니 미장센이 좋았다느니 이런 말들도 이해하기 힘들다. 그런 거 좋아하는 사람들이 「그녀」도 좋다고 하던데. 그러면 그냥 예쁜 장소를 찍은 사진이 좋다는 말과 뭐가 다른가? 아…… 나이 먹고 입맛만 까다로워지는 것인지. 솔직히 조금 의기소침해진다. 나는 문학적으로도 꼰대가 되어 가고 있는 것 같은데. 이게 도대체 어떻게 돌아가고 있는 것인지 모르겠다. 내가.

물론 「플로리다 프로젝트」의 배경들은 아주 좋았다. 아이들은 귀여워 미칠 것 같았고. 디즈니 랜드의 외곽…… 이라는 장소도 여러모로 흥미로웠으며, 줄줄이 늘어선 호텔 방들도 좋았다. 더워서 헥헥거리는 아이들도. 나는

줄줄이 늘어선 방들이랑 헥헥거릴 정도의 더위에 각별한
호감을 가지고 있다. 나는 길을 가다가도 연립주택을 보면
감동한다. 연립주택이란 것은 일종의 미친 짓이다. 도저히
말이 안 되는 것이고 그 말도 안 되는 공간에서 사람들이
살아간다는 것이 내게 어떤 이상한 감정적 울림을 준다.
그것은 가령 달동네에 다닥다닥 붙은 집들을 볼 때의
느낌과는 전혀 다르다. 아파트와도 다르다. 연립주택은 그냥
네모나고 길고 슬프게 생겼다. 베란다에 이불이나 속옷
빨래 같은 것들도 널어져 있고.
　　아무튼 그런데도 불구하고……「플로리다
프로젝트」에서 그것들은 충분히 드러나지 않았던 것일까.
내가 보기엔 말이다. 말하자면 충분히 덥지 않았다든지,
호텔이 충분히 찍히지 않았다든지. 아이들이 '너무'
귀여웠던 게 문제일까. 첫 장면은 너무 좋았다. 아이 둘이
그늘 아래 앉아 있고 아이가 뛰어오고. 나는 그냥 그런
장면만 계속 보고 싶었던 것인지, 음…… 더위 속에 앉아
있던 장면을 더 오래 보고 싶었던 것인지…….
　　최근에 본 영화 중 가장 좋았던 것은 린 램지 감독의
「쥐잡이」이다. 그 영화의 도입부에 한 아이가 꼬아 놓은 흰
커튼이 혼자 스르륵 풀리는 장면이 있다. 그런 장면을 볼
때 나는 영화 이상의 것을 본다는 느낌을 받는다. 그리고
영화를 보면서 나는 그런 느낌을 받고 싶다.

다큐멘터리 영화를 보고 싶은 것인지…… 내가 뭘
좋아하는 건지도 모르겠다. 왕빙 감독의 「광기가 우리를
갈라놓을 때까지」는 물론 가장 인상깊은 영화 중 하나였다.
최근에 본 「후프 드림스」라는 영화도 상당히 좋았다.
그러면 결국 영화를 보기 싫다는 것인가? 모르겠다. 아무튼
요즘에는 카메라 앵글만 봐도 뭔가 마음이 멀어지는 경우가
있다. 너무 깔끔하고 매끄럽고 보는 사람을 편하게 해 주는
카메라는 좀 그렇다. 사실 나도 내가 뭘 바라고 있는지
모르겠다.

이렇게 쓰다 보니 정말 내가 미쳐 가고 있는 것 같다.
걱정이 된다. 아무튼 잘 표현하지를 못하겠다.

「패터슨」과
그냥 그런 사실들

오늘은 스승의 날이고, 엄마에게 전화했다. 어버이날
전화를 깜빡하고 안 해서……. 엄마는 내 인생의 스승이기
때문에 스승의 날에 전화했다고 그랬다. 뭐 엄마가 인생의
스승인 것은 사실이다……. 엄마는 8월에 회사를 그만둘
각오로 25박 26일 프랑스 배낭여행을 갈 예정이다. 이미
비행기표와 산장 등은 다 예약 결제까지 끝난 상태이지만
아직 회사에는 말 안 했고 5월 말쯤에 얘기한다고 한다.
휴가로 처리해 주면 좋고 그만두라고 한다면 그만둔다는데,
왜냐면 자기 생에 언제 프랑스를 그렇게 가 보겠냐고 한다.
나는 그 말을 듣고 좀 웃었는데 엄마는 최근 들어 툭하면
자기 인생에 어쩌구 이런 얘기를 하기 때문이다. 하지만
엄마는 작년에도 프랑스에 갔다 왔고, 그때도 이번에 안
가면 내가 이번 생에 언제 가 보겠냐고 분명 그랬는데

현실은 작년에 이어 올해도 가게 되었다. 심지어 훨씬 길게. 그 말을 했더니 엄마가 막 웃었다. 아무튼 자기는 오늘이 마지막이라고 생각하며 산다고 그랬다. 나같이 젊을 때는 희망이 있었는데 요즘은 그냥 마지막이라고 생각한다고. 그래서 나도 희망 없는 건 마찬가지라고 그랬다. 그렇게 말해 놓고 머쓱해서 좀 웃었는데 엄마도 웃다가 젊은 놈이 뭔 소리냐고 막 뭐라 그랬다. 나는 아니 뭐 젊다고 다 희망이 있나…… 근데 희망이 있고 없고를 떠나서 지금 뭘 하느냐가 중요한 거고, 엄마의 경우에는 결국 프랑스 여행을 다녀온다는 사실이 중요하지 않냐고 대충 마무리를 지었다. 그리고 요즘 툭 하면 이번 생이 어쩌고 하는데 50이면 중간 정도밖에 안 산 거라고 그랬다. 엄마는 자기가 50 넘어서 기가 팍 꺾인 걸 모르냐고 그랬는데, 나는 엄마에게 뭐 그럴 수 있지만 회사 그만두고 여행 간다고 하면 남들은 이야 저 아줌마 기 세네, 이렇게 생각할 거라고 그랬다. 그리고 결국 기가 센 건지 꺾인 건지 그런 게 중요한 건 아니라고 그랬다.

　지난 토요일에는 친한 또래 친구들 중 한 명이 1호로 결혼을 했다. 결혼식은 전체적으로 아름다웠다. 나는 친한 친구의 결혼식에 가서 우는 심정을 잘 이해하지 못했는데, 내가 울지는 않았지만 가서 신랑 신부가 서로에게 주는 편지 같은 걸 읽을 때 약간 왜 우는 사람이 있는지 이해할 수 있게 되었다. 축가도 불렀는데, 제안을 받았을 때는 별 생각 없이 한다고 했지만 결혼식이 다가오니 엄청난 스트레스를 받았다. 이걸 망친다면 이제까지 내가 살면서 망쳐 놓은 것들 중에서도 가장 엄청난 걸 망쳐 놓게 된다는 생각이 들었기 때문이다. 기타 치고 노래 부르고 화음 넣고 다 하려니 너무 복잡해서 제발 실수만 하지 않았으면 좋겠다고 생각했는데, 결국 조금 실수했지만 그렇게 심각한(노래가 중간에 멈추는 등) 것은 아니었고 결과적으로는 무난하게 잘 되었다. 기타 치는데 다리가 후들후들 떨려서 너무 깜짝 놀랐지만 그래도 뭐…… 지금 생각해 보면, 그걸 망쳐 놨으면 내가 좀 더 강해질 수도 있었다는 생각이 들기도 한다. 앞으로 무슨 일이 있어도 "음, 그때 친구 결혼식 망쳐 놓은 거에 비하면 이건 아무것도 아니야. 그때 친구 몇 명을 잃었었지?" 같은 말로 스스로를 북돋아 줄 수 있게 되었을 테니까……. 아무튼 그 정도는 아니었다.

인생이란 게 도대체 가능한 것인지 진심으로 궁금할 때가 있다. 인생을 살려면 인생과 보폭을 맞춰서 착착 잘 나아가야 하지 않을까? 그런데 모든 일들이 너무 빠르게 나를 지나쳐 간다. 지나쳐 가서 그냥 깔끔하게 헤어지면 차라리 좋겠는데 앞에서 목줄을 당기고 나를 질질 끌고 가는 것 같다. 해야 할 건 너무 많고, 하지 않은 것은

정말이지 너무 많다. 그것들은 결국 돌아오는데 그럴 때가
되면 숨이 턱턱 막힌다. 내가 할 수 있는 거였으면 진작
했겠지. 하지만 할 수 없는 것이어서 안 한 건데 왜 끝끝내
하라고 나한테 이러는 것인지? 억울하지만 그런 억울함은
어떻게 해소되는 것도 아니다. 그냥 해야 한다. 하고 나면 좀
낫긴 하다. 다른 하지 않은 일이 만기가 차서 내 목덜미를
움켜쥐기 전까지는. 천천히. 좀 천천히 살게 해 주면 안
될까?

얼마 전에 오타르 이오셀리아니 감독의 「월요일
아침」이라는 영화를 조금 봤다. 3분의 1 약간 넘게 본 것
같다. 예전에는 한 번 켠 영화를 앉은자리에서 끝까지 보지
못하면 수치스러운 것이라 생각했는데, 지금은 그렇게까지
생각하지는 않는다. 어차피 책도 여러 날 두고 읽는데.
그래도 영화는 가급적이면 한 번에 보고 싶지만…… 아무튼
그렇다. 인상은 아주 좋았다. 그날 워낙 피곤해서(친구
결혼식 끝나고 집에 와서 본 거였다.) 보다 끄고 자야
했지만…… 영화를 보는데 「패터슨」과 비슷한 점이 많다는
생각이 들었다. 내가 본 부분까지에 한해서 얘기하자면
「월요일 아침」도 일상에 대한 영화다. 이 영화의 주인공도
패터슨처럼 일을 끝내고 집에 돌아와서 그림을 그린다.
패터슨은 시를 쓰지만.

나는 「패터슨」이 상당히 좋은 영화라고 생각하기는

하지만, 이 영화를 사람들이 받아들이는 방식에 대해서는
완전히 공감할 수가 없었다. 그 영화에서 무슨 엄청난
일상의 아름다움을 발견한 것처럼 그러던데…… 잘
모르겠다. 요즘 사람들은 예술과 일상의 조화라는 이념에
너무 큰 가치를 부여한다. 예술을 잘하기 위해서는 우선
일상에 충실해야 한다는 것이다. 반대로 예술만 하겠다고
일상을 내팽개쳐 놓는 사람은 결국 예술도 형편없을
수밖에 없다는 뜻이다. 나는 이것이 예술을 하려면 섹스를
해 봐야 한다는 말이랑 뭐가 다른 것인지 이해할 수가
없다.

그렇기 때문에 「패터슨」에서 노골적으로 표출되는
불안을 결국 해소되는 것으로, 잠깐 지나가는 흔들림
정도로 치부하고 일상과 예술의 (거의) 완벽한 조화를 보는
사람들의 시선에 동의할 수 없다. 내가 생각하기에 집 앞의
우편함을 계속 기울어뜨려 놓은 것이 패터슨 부부가 기르는
강아지였다는 사실은 말 그대로 섬뜩한 것이다. 물론
너무 귀엽다. 그러나 그것은 귀엽고 사랑스럽기 때문에
더 섬뜩하고 끔찍한 것이다. 영화 「패터슨」의 장점은 이
사랑스러움과 섬뜩함 사이를 아슬아슬하게 줄타기했다는
데에 있다. 그런데 사람들은 그 길이 아주 넓고 탄탄한
대로였으며, 「패터슨」도 패터슨도 조금도 위험하지
않았다고 생각하는 것이다. 하지만 솔직히 영화의 마지막

장면이 패터슨의 자살로 끝났다고 해도 얼마나 이상하지
않았겠는가?

아무튼 그렇다. 이 얘기를 한 것은…… 이와 관련하여
「패터슨」이 어떤 근본적인 기만, 혹은 환상을 토대로
쌓아올려진 작품이라는 말을 하기 위해서였다. (이것은
자체로는 좋은 것도 나쁜 것도 아니다. 내가 생각하기에
「패터슨」은 바로 이 점을 스스로 알고 있는 작품이기 때문에
그토록 복잡한 영화가 되는 것이다.) 말하자면, 패터슨의 시는
왜 그렇게 좋은가. 이것은 단지 시 자체가 좋고 나쁘고만을
말하는 것은 아니고, 영화에서 그의 시가 '읽히는' 방식에
대한 것이기도 하다. 영화는 우리가 패터슨의 시에 최대한
몰입할 수 있도록, 그리고 그 시의 아름다움이 극대화되는
방식으로, 낮고 중후한 목소리의 1인칭 내레이션으로 그의
시를 연출한다. 반면 「월요일 아침」의 주인공이 그리는
그림은 물론 상당한 숙련도를 보여 주기는 하지만 그다지
좋지 않고, 사실을 말하자면 좀 유치하다. 그것은 어떤
전형적인 풍경화인데…… 키치라고 해야 할까. 그 그림은
그야말로 다른 무질서하고 엉망인 사물들 사이에서,
정확히 그러한 속성을 지닌 사물들 중 하나로 나타난다.
나는 그 그림과, 그 그림을 그리는 주인공의 모습에서
솔직함과 편안함을 느꼈다. 「월요일 아침」은 그런 식으로
투박하고 직설적으로, 능숙한 목수가 자신의 장비에

친숙함을 느끼는 것처럼 아무렇지 않게 영화적 장치들을
다룬다.
　　그냥 그렇다는 것이다.

「셰이프 오브 워터」와
어떤 소용들

18.03.05

영화 「셰이프 오브 워터」의 특징 중 하나는 인물들이 어떤 대가도 치르지 않는다는 것이다. 정확히 말하면 영화 자체가 대가라는 개념을 좀처럼 허용하지 않는다. 그것은 인물들이 내린 숭고한 선택의 가치를 전적으로 훼손한다.

다른 생명을 구하기 위해 당시 세계의 최첨단이라 할 수 있는 기관의 가장 중요한 실험체를 빼돌리는 동안 영화의 주인공 격인 엘라이자, 자일스, 젤다는 어떤 피해도 입지 않는다. 빼돌리고 난 이후에도 대가를 치르기는커녕 엘라이자는 운명의 사랑을 체험하며(물론 전혀 다른 존재와의 교감 ─ 섹스를 포함한 ─ 도 더할 나위 없이 매끄럽게 이루어지다. 대체 타자에게 다가가는 아름답고 좋은 일을 하는 데 문제를 만들 이유가 뭐가 있냐는 식이다.) 심지어 자일스는 대머리가 치유되는 기적을 경험한다. 인어는 자일스의 고양이를 잡아먹고 거리 밖으로 뛰쳐나가지만 거기에서도 어떤 문제도 발생하지 않으며(목격자 같은 것도 없다.) 바로 다음 컷에서 자신을 찾아낸 엘라이자와 사이 좋게 영화나 본다. 젤다는 집까지 찾아온 스트릭랜드에게 인어의 행방을 털어놓으라는 협박을 받지만 어쩐지 상황을 잘 파악하고 있는 남편에 의해 그 선택의 무게에서 해방된다. 즉 그 자신은 윤리적인 순수성을 잃지 않으면서도, 그것이 초래할 결과에 대한 책임으로부터는 자유로워진다. 그리고 사실 협박의 장면이라는 것도, 그것이 분명히 어떤 무게를 지니고 있기는 하지만 엄밀히 말하자면 더없이 상냥한 협박이었다고 말할 수밖에 없다.

정말 어쩔 수 없이 '결과'들이 발생할 수밖에 없는 장면들에서 — 영화는 그것들을 그냥 잊어버린다. 인물들은 마치 결과가 발생하지 않은 것처럼 행동한다. 자신이 기르던 고양이가 끔찍하게 살해된 것을 보고도 자일스는 마치 그것을 보지 못한 것처럼, 10년 전에 어떤 길고양이가 죽은 것을 목격했던 사람처럼 행동한다. 젤다는 남편에 의해 자신의 친구가 크나큰 위협에 노출되지만 변기 주변에 소변을 흘린 정도로만 질책한다. 어떤 문제도 발생하지 않는다. 발생하는 문제들은 영화에 의해 망각되고 소거된다.

아이러니하게도, 자신의 선택과 윤리에 책임을 지는 두 인물은 호프스태더 박사와 스트릭랜드뿐이다. 영화에서

궂은 일, 혹은 "손을 더럽히는 일"을 스스로 행하는 자는 이
둘뿐이다. 그 결과로 호프스태더는 자신의 조국과 목숨을
잃으며, 스트릭랜드는 자신의 손가락과 캐딜락, 그리고 역시
목숨을 잃는다. 이 둘에게는, 또한 이 영화를 통틀어 오직 이
둘에게만, 자신의 선택의 결과를 — 자신의 죽음을 맞대면할
기회가 주어진다. 상황이 이렇다 보니 결국 영화는 이 두
'백인 남성'들 사이의 갈등처럼 느껴지며, 나머지 인물들은
아무리 비중이 높고 사건의 주체인 것처럼 행동하더라도
결국 들러리 혹은 수혜자일 뿐인 것으로 판명나는데,
그렇다면 여성-장애인, 여성-흑인, 동성애자, 비인간 생물로
꾸려진 주인공 팀이라는 것이 도대체 무슨 소용인 것일까?

　　아무튼 그렇다. 이는 우리 시대의 대중들이 주체성이란
것에 대해 가지고 있는 어떤 관념, 혹은 그들이 가지고 있는
주체성 자체에 대한 어떤 취약성을 암시한다고 생각한다.
그렇지만 또 결국 이런 생각이 든다: bgm이 좋았다고
하는데 이런 말들이 다 어쨌다는 것인가. 결국 bgm이
좋았다는 것이다. 어쨌든 나도 bgm은 좋았다고 생각한다.
bgm이 잔잔히 흘러나오는 엔딩 크레딧 장면은 이 영화
전체를 통틀어 세 손가락 안에 꼽힐 정도로 좋았다. 특히
bgm 부분이 좋았다고 생각한다.

「더 랍스터」와
이런저런 질문들

18.03.15

갑자기 「인사이드 르윈」을 다시 보고 싶다. 나는 이 영화로
코엔 형제를 처음 접했다. 그리고 코엔 형제는 그다지
영화를 많이 보지 않는 내가 좋아하는 감독이 누구냐고
물어보면 대답할 수 있는 유일한 감독이기도 하다.
이래저래 좋다는 영화를 보기는 했어도 그리고 그 영화들이
정말 좋았어도 뭔가 감독에 대한 이끌림으로까지는 잘
이어지지 않았다. 코엔 형제 영화의 매력은 어떤 소재로
영화를 찍든 서사의 극적 전개라는 유혹에 굴복하지
않는다는 점에 있다. 그들의 영화에서 사건은 사건처럼
보이기만 하는 아무것도 아닌 것이다. 결국 아무런 일도
발생하지 않는다. 지금 봐도 좋을까 궁금하긴 하다.

처음 본 것이 언제였는지 정확히 기억나지는
않는다…… 확실한 건 개봉 직후는 아니었고. 한 번만 본

거여서 내용도 가물가물하긴 한데…… 유달리 애착이 가는 영화다. 두 장면이 기억에 남는다. 어떤 유명한 전설적인 프로듀서를 만나러 어중이떠중이들이 모여서 자동차를 타고 먼먼 길을 가는 장면이었다. 카메라가 그 자동차 내부를 주구장창 찍고 있던 것이 몹시 인상적이었다. 아무런 사건도 발생하지 않는다. 중간에 잠깐 휴게실에서 멈추고 거기서 뭔가 일이 일어날 듯한 분위기가 조성되지만 결국 아무 일도 일어나지 않는다. 다들 다시 자동차에 탑승하고 카메라는 또 한 번 주구장창 달리는 자동차 내부를 찍는다. 인상적이었던 다른 한 장면은 주인공이 그 프로듀서를 만나서 기타를 치며 솔로곡을 부르는 장면이다. 아무도 없는 강당 같은 장소였던 것 같다. 불이 꺼져 있어서 어둡고, 하지만 낮이라 창문을 통해 빛이 들어오고. 거기에 의자 두 개만 놓고 마주 앉아서. 보통 '음악 영화'라고 불리는 장르에서 그런 장면은 곧 묻혀 있던 빛나는 재능의 발견이라는 서사로 이어진다. 그런데 주인공의 노래를 다 들은 늙은 프로듀서는 정말이지 알 수 없는 눈빛을 던진다. 감동인지 동정인지 무감정인지 알 수 없는 눈빛. 그리고 그 장면은 어느 곳으로도 이어지지 않는다. 주인공은 출발했던 곳으로 다시 돌아갔던 것 같다.

코엔 형제의 영화에서 서사는 해체된다기보다 해소된다. 도저히 서사를 알 수 없도록 영화가 짜여

있다거나 혹은 애초부터 서사가 존재하지 않는 그런 영화가
아니다. 오히려 서사가 이루어지기 최적화된 조건에서부터
출발해서, 서사라는 것 자체에 내재한 불가능성을 끈질기게
물고 놔주지 않는다. 그러다가 그냥 영화가 끝난다. 그런데
아무것도 전개되지 않았음에도 불구하고 처음과 끝이
다르다. 코엔 형제가 수미상관 기법을 즐겨 사용하는 건
그것이 바로 이 차이를 잘 드러내 줄 수 있는 형식이기
때문이라고 생각한다. 아무것도 일어나지 않았지만
무언가가 변한다. 그 무엇의 정체는 결코 가시적으로
드러나지는 않는다. 그것이 좋은지 나쁜지도 잘 알기
힘들다. 그러나 우리는 여하간에 그것이 우리의 인생에서
기대할 수 있는 최상의 것임을 직감하게 된다. 왜냐하면
그것은 우리 인생에서 일어나는(혹은 일어나지 않는) 모든
서사가 철회되었을 때 그럼에도 불구하고 남아 있는
무엇이기 때문이다.

16.02.23

「더 랍스터」의 세계는 모든 사람이 서로에게 완벽한 짝을
찾아야만 하고, 그렇지 않으면 동물로 변해 버리는 곳이다.
그리고 그 완벽한 짝이라는 건 어떤 가시적인 공통점을

지니고 있는가 그렇지 않은가에 의해 판별된다. 이런 설정은 물론 「더 랍스터」가 사람들이 사랑할 때 동반되곤 하는 (폭력적) 동일시를 다룬 영화라는 점을 말해 준다. 하지만 그보다 더 중요한 건 이 영화를 이끌고 가는 주요한 수단이 과장이라는 점에 있다. 이 영화에서 그려지는 거의 모든 것이 과장이고 비꼬기이다. 따라서 사랑에서 동일시라는 것이 얼마나 폭력적일 수 있는가, 라는 「더 랍스터」의 선명한 주제는, 오히려 그것이 너무 선명하기 때문에 그것만으로 이 영화를 읽는 것을 불충분하게 만든다.

가령 근시인 사람은 근시만을 좋아해야 한다는 그러한 설정은 우스꽝스러운 과장이다. 우리는 현실에서 누구도 그런 방식으로 사랑하지 않는다. 따라서 이 설정은 동일시에 대한 하나의 알레고리이다. 그럼에도 이 설정이 천박한 알레고리로 떨어지지 않는 것은, 영화 속의 모든 인물이 그것에 너무나도 절박하게 매달리기 때문이다. 인물들의 절박함은 너무나 처절한 나머지, 그러한 설정이 겨냥하는 알레고리 자체를 무화시키며 어떤 깊이를 획득한다. 처음에 관객은 「더 랍스터」가 동일시의 폭력을 잔뜩 비꼬는 것에 호응해 함께 조소하며 영화를 즐길 수 있다. 그것이 이 영화를 읽어 가는 방법처럼 느껴진다. 그러나 영화가 진행될수록 관객은 사랑에 있어 동일시가 뭐가 어쨌다는 것인지, 도대체 그게 정말 폭력이긴 한 건지 헷갈리게 된다.

이 혼란은 주인공인 데이비드와 작중 이름이 밝혀지지 않는 '근시 여자'의 관계에서 핵심을 차지한다. 처음에 데이비드와 여자는 근시라는 공통점으로 인해 서로 짝이 되는 데에 성공한다. 하지만 작품이 진행되며 둘을 갈라놓으려는 인물에 의해 여자가 실명을 하게 되자 이 둘을 묶어 주던 공통점이 사라지고 만다. 여자를 놓치고 싶지 않았던 데이비드는 그들을 묶어 줄 가능성이 조금이라도 있는 모든 특징들을 떠올려 보고 여자에게 그런 특징이 있는지 물어보지만, 그 모든 것들이 다 맞지 않는다. 실패가 반복될수록 차가워지는 여자의 태도는 섬뜩하기까지 하다. 여자는 마치 데이비드의 존재 자체를 잊어 가는 것처럼 보인다. 그래서 데이비드는 결국 여자와 함께 일단 안전한 곳으로 도망친 후 자신의 눈을 실명시켜 여자와의 공통점을 만들기로 한다.

아이러니한 것은 데이비드와 여자가 동일시 할 것을 끝내 찾지 못했을 때, 자신의 눈을 희생하겠다고 결심하고 여자의 손을 잡고 도망치는 순간부터 카페에 도착해 눈을 찌르러 화장실에 가는 순간까지, 그들이 어떤 진정한 사랑 속에 있는 것처럼 보인다는 점이다. 다시 말해 사랑에 반드시 동일시가 필요하다는 그 제약은, 오히려 그들에게 그 제약을 뛰어넘을 수 있는 기회를 선사함으로써 그들이 진정한 사랑 속에 잠시나마 머물 수 있게 해 주는 역할을 하는 듯하다.

그리고 우리는 너무나 인상적인 마지막 장면에 도착한다. 데이비드는 칼로 자신의 눈을 찔러야 한다. 그는 자신의 눈을 찌를 그 칼을 쥐고 있고, 거울로 그러한 자신의 모습을 비춰 보고 있다. 그리고 시끄럽고 환한 어둠 속에서 여자는 데이비드가 돌아오기를 초조하게 기다리고 있다. 영화는 이 기다림의 순간에 끝나며, 영화 속에서 데이비드는 결국 자신을 희생하지 못한다.

다시 「더 랍스터」의 주제로 돌아가 보자. 데이비드가 여자를 위해 희생을 무릅쓰지 못하는 마지막 장면에서 우리는 단지 동일시의 폭력적인 면을 보는가? 아니면 그의 거짓된 사랑과 나약함을 보는가? 혹은 둘 다?

어느 쪽이 되었든 우리는 어떤 선택지를 배제하고 있다. 가령 왜 데이비드는 거기서 그냥, 나는 눈을 찌르지 않아도 너와 살 수 있다, 너와 똑같은 면이 있지 않아도 다름을 인정하며 우리는 사랑할 수 있다, 라고 말할 수 없는 것일까. 혹은 왜 우리는 그러한 결말에 만족할 수 없을 것처럼 느끼는가.

바로 그 느낌이 우리에게 「더 랍스터」를 동일시의 폭력을 문제 삼은 영화로 읽는 데 머무를 수 없게 한다.

이 영화에서 계속 반복되는 모티프는, 오히려 희생이다.
자신의 코를 자꾸 처박는 남자, 자신의 형(개)의 죽음을 두고
농담해야 하는 남자, 죽음의 순간 배우자에게 총을 쏘지
않으면 자신을 죽이겠다는 협박을 받는 남자, 자신의 눈을
찔러야 하는 남자. 등등등. 또 하나의 특이한 점은, 남자들이
선택의 기로에서 어떤 식으로든 항상 타협하는 반면에
여성은 자신의 선택을 끝까지 고수한다는 점이다. 가령
자신처럼 아름다운 금발을 만나지 못하니 머리를 자르는
대신 죽음을 선택하는 소녀.

　　인물들은 중요한 순간마다 희생이라는 선택지 앞에
선다. 그러나 이 선택지는 이미 어떤 아이러니에 의해
관통되고 왜곡되어 있다는 점이 「더 랍스터」 세계의 핵심을
이룬다. 만약 데이비드가 마지막 장면에서 눈을 찔렀다면
어떻게 됐을까. 두 가지 가능한 해석이 있다. 첫째는
그럼으로써 데이비드가 자신의 진정한 사랑을 증명한다는
것. 둘째는 반대로, 그러한 행동으로 인해 주인공 커플은
「더 랍스터」의 사회가 제약하는 거짓 사랑의 틀 속에
궁극적으로 갇히게 된다는 것. 이 경우 진정한 사랑은
존재할 수 없다는 것이 판명난다. 그러나 첫째의 경우에도,
그러한 진정한 사랑은, 진정한 사랑을 금지하는 것처럼
보이는 바로 그 제도에 의해서만 궁극적으로 실현될 수
있다는 아이러니가 여전히 남는다. 나에게는 이 아이러니가,

끝내 닫히지 않는 틈이, 「더 랍스터」를 좋은 영화로 만드는 것이라 생각된다.

영화의 마지막 장면에서 우리가 보는 것은 바로 그러한 틈 자체, 거대하고 차가운 공백이다. 「더 랍스터」에서 우리는 언뜻 진정한 사랑이라는 것을 금지하는 듯 보이는 사회를 만난다. 어떤 동일시가 연애에 반드시 필요한 그런 사회 말이다. 그러나 영화의 후반부에서 알게 되는 것은 그러한 금지가 애초부터 불가능한 것에 대한 금지였다는 사실이다. 요지는 그러한 금지 자체가 진짜로 불가능한 것의 존재를 은폐하기 위해 작동한다는 사실이다. 다시 말해, 우리는 사랑이 금지되어 있으므로, 그것이 사실상 불가능한 것임을 보지 못하는 세계에 살고 있다는 것이다.

「더 랍스터」가 근본적으로 거대한 연극(과장)으로서의 세상을 그리고 있다면 그 모든 연극, 사랑(짝)의 강요, 동일시의 제약, 그에 대한 반항, 그런 것들은 영화의 마지막 장면에서 선명하게 드러나는, 진정한 사랑의 파탄 — 혹은 근본적 불가능성을 가리기 위한 장치들은 아닐까. 영화적 장치가 아니라 영화 속의 세계가 스스로 고안한, 그 자신의 세계를 자동하게끔 하는 그러한 장치 말이다. 그리고 물론 그 세게는 우리의 세계와 별다르지 않다. 「더 랍스터」는 '진정한' 사랑의 불가능성에 대해, 그러한 사랑이 남겨 놓는 공백을 그린 영화이다. 따라서 그것은 해결되지 않는,

우리의 머릿속을 끈질기게 맴도는 하나의 질문으로 남는다.

19.08.24

———

「작은 공터의 미래」

1

올 것이 왔다는 느낌이었다. 복도 게시판에, 건물 정문 현관에, 테라스 벽에, 심지어 식당 문 앞에도. 보는 사람이 많다고 뭔가 달라지는 게 있을 것 같지는 않은데. 어쩌면 달라지는 게 있을지도 몰랐다. 아니면 그냥 포스터가 너무 많이 배포된 것뿐일 수도 있고. 아무튼 예전부터 말로만 듣던 그것, 이곳에 들어오고 난 뒤에도 거의 잊고 지내기는 했지만 때때로 신경이 쓰이던 그것. 그러니까 병영문학상…….

아니나 다를까 주변에서 다들 한마디씩 하지 않고는 못

배기는 모양이었다.

"모원, 이거 쓸 거야?"

"나 이런 거 쓸 줄 몰라……."

"아니, 너 문학평론가 아니야?"

"야, 얘는 평론가라 남이 쓴 거에 대해 씨부리기나 하지 자기가 쓸 줄은 모른다고. 키보드 워리어 같은 거지."

"그래도 얘가 국어국문학과인데 전혀 쓸 줄 모른다는 게 말이 돼?"

"나 국어교육과야……."

"그래 그러니까!"

나는 황급히 자리를 피했다. 요즘 애들에게 문학은 사실상 놀림거리나 다름없었다. 내가 문학평론가라고 털어놓은 것도 30살이나 먹고서 군대에 왔는데 아무것도 한 게 없다고는 도저히 말할 수 없었기 때문이다. 물론 그렇게 문학평론가라고 대놓고 말을 해도 좋게 봐 주는 사람들이야 대충 문학청년 같은 건가 생각했고 대부분은 백수라고 생각하거나 문학평론가가 뭔지도 몰랐다. 이런 식이었다.

문학평론가가 뭐야?

그, 책 뒤에 해설 쓰고 잡지에 글 쓰고 대충 그런 일 하는 사람이야.

잡지? 무슨 잡지?

예를 들면 《씨네21》 같은 건데, 너 이동진이 누군지 알아?

아니 모르는데?

음, 이동진이란 사람이 있어…….

한마디로 대화가 되지를 않았다. 그래서 본의 아니게 내가 문학평론가라는 말은 일종의 사기 혹은 얼버무림에 가까워졌다. 그렇지만 사기 혹은 얼버무림이라는 게 꼭 틀린 것도 아니었다. 나는 문학평론가이기는 했지만 사실상 개점휴업 상태였다. 처음부터 문학평론가가 되고 싶은 것도 아니었다. 친구들과 시를 쓰다가 시집 해설을 읽으며 이런 건 나도 쓸 수 있겠는데 싶어 신춘문예에 내 봤던 것이 덜컥 붙었고 그 뒤로는 변변찮은 청탁도 없었을 뿐더러 좋은 평론을 쓸 능력도 없는 것 같았다. 나는 원래 시를 쓰고 싶었으니까. 지금 시를 쓰고 있으니까. 평론 공부보다 시 공부에 시간을 다 쏟고 있으니까, 라고 생각했다. 시를 쓰고 있다는 건 아무튼 사실이기는 했다. 심지어 이곳에서도.

연등 시간을 빌려 나는 행정반에서 몰래 시를 썼다. 왜 그랬는지는 모르겠지만 옆에 시집을 펼쳐 두고 누가 뒤에서 지나가며 시를 쓰는 거냐고 물어보면 그냥 필사를 하는 중이라고 대답했다.

시집에 있는 걸 왜 베끼는 건데? 왜냐면 이렇게 해야 시의 리듬이나 호흡을 더 잘 느낄 수 있거든……. 밴드 음악을 카피해 보는 거랑 비슷해. 그냥 타자만 치면 되니까

음악 카피보다 훨씬 더 쉽다는 점만 빼면…… 더 좋은
평론을 쓰려면 필수적인 거고 문학평론가라면 너 나 할 것
없이 다들 하는 거야. 아주아주 평범한 거지.

　　2

　　게다가 바쁘기도 얼마나 바빴는지.
　　일과가 끝나고 나면 매일 꼬박 두 시간 동안 여자
친구인 모모와 통화를 했다.
　　병영문학상이 아닌 시 공모전에도 지속적으로 투고하고
있었고.
　　시 공모전은 대개 다섯 편이나 열 편짜리 시 묶음을
요구했는데, 곧 있으면 시집 한 권 분량, 즉 50편짜리
묶음을 요구하는 공모전이 있어서 그걸 준비해야 하기도
했다.
　　본격적으로 시를 쓰기 시작한 지가 벌써 5, 6년은
지났는데 이때까지 쓴 시들 중 정말 아니다 싶은 걸
제외하면 싹싹 긁어모아도 49편밖에 되지가 않았다.
이때까지 뭘 한 건가 싶은 생각이 들었지만 아무튼 한
편을 채워서 이 공모전에 응모해 보는 것이 내게는
병영문학상보다 훨씬 더 중요한 목표였다.

그리고 정말이지 오랜만에 쓰고 있는 평론이 한 편
있었다.

평론은 너무 오랜만에 쓰는 거라 내가 뭘 쓰고 있는지도
잘 알 수 없는 형편이었고, 더군다나 완성한다고 해도
어디 실릴 수 있을지 알 수 없는 글이었다. 남들은 휴가 안
나가고 3개월 4개월 잘만 버티던데 그게 도저히 안 됐던
나는 5일씩 잘라 세 달에 두 달은 휴가를 나갔다. 그리고
남은 한 달은 외박…… 그러다 보니 돈이 모자랐다. 어느
날은 휴가를 나가야 하는데 통장에 돈이 말 그대로 단 한
푼도 없었다. 휴가를 나가도 버스 탈 돈이 없었던 것이다.
나이 먹고 더 이상 손 벌릴 곳도 없었고. 머릿속이 하얗게
타 버리는 것 같았다. 정신없이 돈 나올 구멍을 찾던 나는
어느 인터넷 문예지에서 자유롭게 평론 투고를 받고 있는
것을 발견했고, 거기에 글을 실어 휴가비를 벌어야겠다고
생각했던 것이다.

내가 택한 주제는 거창하게도 글쓰기의 자유에 대한
것이었다.

나만 아는 사실이었지만 그 주제는 아이러니한
것이기도 했다. 자유의 박탈의 상징과 같은 곳에서 글쓰기의
자유라니…….

아무려나 그 글은 소위 말하는 문단 권력과 무관하게
우리가 무언가를 쓸 수 있다는 내용이 될 것이었다.

그렇지만 나는 내 글이 그렇다고 해서 우리는 진정으로 우리가 원하는 글을 쓸 때 행복해지고 중요한 건 오직 그것뿐이란 식으로 읽히지는 않기를 바랐다. 자유라는 건 확실히 없을 땐 불행하지만, 그것이 있다고 해서 행복해지는 그런 종류의 것은 전혀 아니었다. 오히려 자유는 종종 끔찍한 것일 때가 많다. 이 사실을 외면하는 작품이나 주장은 내게 비현실적인 몽상으로 느껴졌다.

「패터슨」 영화를 보면 그렇다. 버스 운전을 하고, 도시락을 먹으며 시를 쓰고, 개가 원고를 찢어 버리도록 놔둔다. 그 영화는 아내 말을 잘 들어야 한다는 것 정도를 빼면 별로 현실적인 구석이 없다.(그러게 백업을 하고 출판을 하지!) 내 생각에 출판에 관심이 없는 아마추어 시인이 그 정도로 좋은 시를 쓸 확률은 매우 낮다. 음식을 먹을 생각이 없고 대접할 생각도 없는 요리사가 좋은 요리를 할 확률과 비슷한 정도로 그렇다. 그랬기에 영화에서는 대필을 고용해야 했다. 그러니까 패터슨은 사실상 대필 시인인 것이다. 물론 배우 그 자신은 패터슨이 아니기에 패터슨과 같은 사람이 원래 쓸 수 있었을 시도 쓰지 못하는 것이 당연하다. 하지만 짐 자무쉬는 패터슨과 같은 사람이 아니라 프로 시인을 고용해 패터슨의 시를 쓰게 했다. 이 경우 프로 시인은 배우의 시를 대필해 준 것이 아니라 그 배우의 시를 써 줘야 했을 아마추어 시인의 시를 대필해 준 것이다. 물론 현실에 그런 아마추어 시인은 존재하지 않는다. 개가 그의 시집을 뜯어 먹었을 테고 아무도 그가 시인인 걸 몰랐을 테니까. 홀로 존재할 수 있는 무언가가 있다면 또 모르겠지만. 그 자체로. 낭만적인 말이다. 그 자체로. 나는 경우가 조금 다르다. 내가 쓴 시들의 목록을 작성하고 시들을 컴퓨터에 차곡차곡 저장하니까. 나는 컴퓨터에 의지해서 존재한다. 그리고 내가 가끔 시를 보내는 소수의 친구들에 의해서. 그 친구들 중 한 명은 나의 여자 친구인 모모인데, 모모는 시인이고 두 권의 훌륭한(적어도 내가 보기엔 그렇다.) 시집을 출간 예정에 있다.

3

그런 생각을 하며 침대에 누워 있는데, 동기 한 명이 대문짝만 한 병영문학상 포스터를 아예 뜯어 들고 왔다.
"이거 진짜 안 나갈 거야?"
"글쎄 잘 모르겠다니까……."
"이건 너를 위한 거라니까. 내가 포스터도 들고 왔잖아."
나는 그 포스터를 뒤집어 흰 면이 보이게 테이프로 벽에 붙였다. 늘 메모장이 필요하다고 생각했는데 마침

제격이었던 것이다.

"그걸 왜 뒤집어 놔?"

"안 그래도 메모장이 필요했어."

"메모장은 메모장이고! 너 이거 꼭 나가야 된다니까!"

"그래 알았어, 꼭 나갈게……. 생각해 줘서 정말 고맙다."

"그래 꼭 열심히 해 봐."

"알았어. 상금 타면 냉동 만두랑 닭강정 사 줄게."

"그런 거 필요 없어. 그냥 네가 잘 되면 좋은 거지……."

동기는 나갔다.

새삼 뭉클한 기분이 들었다. 하지만 병영문학상이라. 상금, 포상 휴가, 등단. 나쁠 것이 없었다. 이곳에서는 할 수 있는 게 별로 없으니까. 돈도 벌 수 없고. 나갈 수도 없고. 등단은 밖에서도 못했던 건데 여기서라고 사정이 나아질 리 없겠고. 그러니 오히려 별 문제가 아니었다.

문제가 있다면 병영문학상이라는 공모전 특유의 성격이었다. 문학상에 특유의 성격이 어디 있다고? 주제도 자유 주제인데. 하지만 당선작들을 보니 모종의 경향성이 보이는 걸 부정할 수 없었다. 애국심과 가족과 의무와 사랑과 희생 헌신 기타 등등을 암시하는 제목들……. 다 나와 거리가 먼 것들이었고, 안타깝게도, 내가 생각하기에는 소설과도 거리가 먼 것들이었다. 나와 거리가 먼 것은 어떻게 할 수 있을 수도 있다고 생각했지만(어떻게? 국가와 가족에게 다가가기…… 총기 손질을 더 열심히 하기…… 지금이라도 엄마에게 전화를 드려 보기…….) 저 주제들이 소설과 거리가 멀다면 그건 정말 어쩔 수 없는 일이라고 느껴졌다. 하지만 불가능은 또한 문학의 오래된 주제 중 하나이지 않은가? 그래서 나는 운이 좋다면 내가 완성하게 될지도 모를 소설에 몇 가지 조건을 달아 보았다.

1. 일단은 군대를 소재로 쓸 것.
2. 국방의 의무가 가진 신성함과 그에 대한 자랑스러운 태도를 지나치게 훼손하지 말 것.
3. 최대한 군대와 관련 없는 내용을 쓸 것.

아무래도 잘할 수 있을 것 같지가 않았다…….

4

그러나 이 포스터와 이 포스터가 바람을 불어넣은 달콤한 꿈, 그러니까 공짜 휴가의 위력은 생각보다 엄청났다. 동그란 안경을 쓰고 빼빼 마른 한 친구는 시를 쓰겠다고 했다. 제목은 「고무신과 꽃신」. 대충 이런

식이었다. 어떤 종류의 처참함이 뚜렷하게 예견되고
있었다. 과연 하룻밤이 지나자 다섯 명의 소설가가 새로
생겨났고 열일곱 명의 시인이 영감을 얻기 위해 흡연장이나
분리수거장, 족구장 등을 배회하고 있었다. 그다음 날에는
네 명의 소설가가 소설을 포기하고 열 명의 시인이 시를
포기했지만 하룻밤이 더 지나자 소설을 포기했던 네
명의 소설가 중 두 명이 다시 펜을 잡았고 시는 아무래도
어렵겠다던 시인들 중 아홉 명이 다시 영감을 찾아 복도와
생활관을 서성이기 시작했으며 이발실에서 몰래 시를 쓰던
시인과 밤중에 라이트를 켜고 노트에 시를 쓰던 시인 두
명이 추가로 적발되어 문인들의 숫자는 오히려 늘어났다.
문학의 열정이 은밀하지만 걷잡을 수 없이 사람들을
사로잡고 있었다. 순간이지만 나는 문학의 종언과 같은
제언들이 너무 섣불렀으며 심지어는 전혀 근거 없는 허황된
소리라고 느끼기까지 했다. 아무튼 나는 그런 모습이 그렇게
나쁘게 보이지만은 않았다.

그리고 2주 정도가 지났다. 그동안:

1. 나는 시 묶음에 들어갈 마지막 한 편의 시를 쓰지
   못했다.

2. 나는 병영문학상과 관련된 아무것도 하지 않았다.

3. 평론을 완성해서 메일로 투고했지만 아무 연락이

없었다.

4. 꽤 큰 잡지의 신인 공모전 시 부문에서 떨어졌다.

5. 「고무신과 꽃신」을 쓰겠다고 한 친구가 시 한 편을
   청탁했다.

자기가 한 편은 쓰겠는데 나머지 두 편이 도저히
떠오르지가 않아 나에게 한 편만 대신 써 달라는 것이었다.
나머지 한 편은 다른 사람에게 청탁을 해 놨다고 했다.
자기가 상금을 타면 30만 원을 떼어 주겠다고 했다. 나는
알았다고 했지만 그래야 대화가 끝나기 때문이었고 당연히
그 이후로 그에 대해 깨끗이 잊어버리고 있었다.

오전에 체력 단련을 하고 몇몇 사람들이랑 테라스에서
쉬고 있는데 동그라미 안경 친구가 말을 꺼냈다.

"너 시는 쓰고 있어?"

"무슨 시?"

"내가 한 편 쓰라고 했잖아!"

"아…… 너는 썼어? 「고무신과 꽃신」?"

"그럼. 그 시는 내 머릿속에 다 있어."

어떤 시일지 대충 짐작이 갔다.

"그러면 나도 즉석에서 시 읊어 줄게. 그럼 됐지?"

"그래, 해 봐."

사람들이 주목하는 게 느껴졌다. 고려대학교

국문학과(아니지만.)의 시라고 하니…….

「체력단련」

'막사 내 전 인원은
08:50까지
활동복으로 환복하고
행정반 앞으로 모여 주시기
바랍니다……'

아
힘들겠다

헥헥
헥

나는 달린다
내일을 향해 달린다

"……그게 시야?"
관객 1이 물었다.
"산문시 아니야, 산문시?"

관객 2가 물었다.

"아니, 행갈이가 있어. 내가 잠깐 쉰 곳들에서 끊으면
돼."

"망했네."

내게 시를 청탁한 동그라미 안경 친구의 말이었다.

"내가 봤을 때 얘 고려대 아니야."

관객 3이 말했다.

"아니, 고려대는 맞아도 국문과는 절대 아니야."

동그라미 안경 친구가 말했다.

물론 나는 국문과가 아니었다.

그리고 그들은 가 버렸다.

5

까만 콩처럼 생긴 선임이 있었는데 그는 그림을 그렸다.
우리는 분야는 달랐지만 가끔 서로의 작업물을 보여 주고
얘기를 나누고는 했었는데, 그도 이번에 소설을 한 편 써
보려 한다고 했다. 야심한 밤이었고, 우리는 흐리멍텅한
불빛 아래 긴 탁자를 사이에 두고 마주 앉아 있었다.

"모원, 내가 소설을 쓸 건데 줄거리를 좀 봐 줘."

"네."

"잘 들어 봐. 나쁜 선임 A가 있고 중간층 B랑 C가 있고 후임 D가 있어. A가 D한테 말도 안 되는 부조리를 막 한단 말이야. 그걸 B한테 상담을 했는데, B는 정의감이 넘치는 사람이야. 그래서 A한테 그렇게 하지 말라고 화를 낸 거지. 그 소식이 D한테도 들어갔고, 그날 밤 D는 생활관에서 A의 보복이 두려워서 벌벌 떨고 있는데 A가 갑자기 D가 있는 생활관 문을 열고 들어와. 그런데 겁먹은 D가 A를 보자마자 기절해 버리는 거야. 그리고 A는 하필 그 순간에 원인을 알 수 없는 뇌졸중으로 쓰러져. 그 일로 A는 징계를 받고 D의 후임이 되는 벌을 받거든. 그런데 A가 D의 후임이 되고 나니까, 이제는 D가 A를 괴롭히기 시작하는 거야……어때?"

나는 이 이야기를 듣고 생각했다. 그럼 C는 왜 있는 거지?

"좋은 것 같습니다……."

"그래? 진짜?"

"네, 일단 써 보면 좋을 것 같습니다."

"오, 고마워……. 이게 메시지가 좀 전해지나? 내가 의도한 건 절대적인 악이나 선은 없다는 거거든. 사람이 상황을 따라가기 마련이라는 거지."

"네……. 그런데 사실 이런 건 일단 써 보는 게 좋은 것 같습니다. 그리고 메시지나 줄거리는 사실 소설에서 그렇게 중요한 부분은 아닙니다."

할 말이 없어진 나는 교과서적인 얘기를 읊어 대기
시작했다.

하지만 끝까지 써 보면 좋을 것 같다는 얘기는
진심이었다.

6

인터넷 잡지에 투고했던 평론을 싣기로 결정했다는
연락을 받았고, 얼마 뒤 평론이 실렸다.

마지막 시 한 편은 여전히 써지지 않고 있었다.

모모는 여전히 시집 제목을 짓느라 고생이었다.
그렇지만 내 평론이 실린 것을 보고 축하해 주는 걸 잊지는
않았다.

"글 실린 것 봤어. 엄청 멋있던데?"

"그래? 고마워……. 글 싣는 것 정도야 누구나 하는
건데 뭘……."

"아냐, 대단하지! 거기 안에서 자료도 없고 시간도
없는데. 대단한 일이야."

"하하. 고마워. 시집 제목은 잘 정했어?"

"아니, 아직……. 그런데 평론에 벌써 댓글도

달렸던데?"

사실 그 댓글은 이미 본 것이었다: '잘 읽었어요. 슬픔의 도너츠 한 조각을 보냅니다.'

"맞아. 귀엽게 언제 그런 댓글을 달았어?"

"응? 그거 나 아닌데?"

"엥, 정말?"

"미안, 나 맞아……"

모모의 그 댓글이 내가 쓴 글에 대한 유일한 반응이었다…….

7

나는 또 하나의 신인문학상 공모전 시 부문에서 떨어졌다. 이제는 때가 되면 나무에서 열매가 떨어지는 듯한 일로 느껴졌다.

모모의 시집은 이제 거의 마무리 단계로 접어들어, 최종적으로 제목을 정하는 일만이 남아 있었다. 모모와 매일 하는 통화는 자연스럽게 그 제목에 대한 이야기로 채워졌다. 모모는 매일 세 개 정도의 새로운 안을 제시했는데, 가령 A, B, C의 세 가지 선택지 중 무엇이 제일 괜찮은지 묻곤 했다. 나는 물론 세 제목 다 좋지만 어떤 것 하나가 그래도 좀 더 마음에 끌린다는 식으로 말했다. 흥미로운 건 내 응답이 다음 날의 선택지에 미치는 영향이었다. 오늘 내가 A가 괜찮다고 하면, 그 다음 날은 A를 제외한 B, C, 그리고 새로운 선택지 D가 추가됐다. 또 B, C, D 세 개의 선택지 중에서 C가 괜찮다고 하면 그 다음 날은 C를 제외한 B, D에 새로운 선택지 E가 추가됐다. 그런 식으로 시집 제목 후보들은 자꾸자꾸 불어났다.

그렇게 불어난 모모의 시집 제목 후보들은 대략 다음과 같은 목록을 이루게 되었다.

가구와 운명

가구가구와 운명운명

기억 산업

두 번 뒤집어진 파라파라솔

일일기기Nonotete

가구운명과 운명가구

두 번까지는 괜찮아

두 명까지는 괜찮아

일일과 기기

아주 먼 별의 지루함

아주 먼 가구

잔여 기억

거스름 기억

사탕 아닌 사탕 같은 것

지나가는 글자들

코코아는 올라가네

웃을 것만 같은 코코아

부메랑

재생 일기

가구 같은 것

재생 주택

꼬리잡기

사탕의 미래

이불 밖으로 두 다리를

이 사탕 안으로

활동 인간

재생 인간

……(기타 등등, 계속 이어짐.)

8

평론을 쓰며 이런저런 걱정을 하기는 했지만, 막상 글이 실리고 보니 전혀 생각지 못했던 사소한 문제가 있었다.

그 글에 인용된 한 시인이 화가 났던 것이다. 어떤 글인지 대놓고 언급하지는 않았지만 그는 자신의 페이스북에 인용의 슬픔과 창작과 비평 사이의 원론적인 심연 거기에 더해 근래 평론의 질적 하락과 윤리적 타락을 얘기하며 그런 글은 정말이지 더는 보고 싶지 않다고 썼다. 물론 내 얘기가 아닐 수도 있었지만 왠지 내 얘기라고 느껴졌다. 아무튼 그 글을 읽다 보니 내가 뭔가 잘못했다는 생각이 들었다. 나는 뭔가 잘못을 많이 하는 편이니까. 그렇다고 해서 그에 대해 내가 뭔가 할 수 있는 일은 없었다. 그는 자신은 어디론가 사라지고 싶을 뿐이며, 할 수만 있다면 벽에 글을 쓰다 죽고 싶은 기분이라고 말했다. 그럴 수는 있겠지만 나로서는 5천 명이 넘는 팔로워를 가진 사람이 사라진다면 그 많은 인원을 어디에 수용할 것인지 궁금했다…….

하지만 여전히, 이 모든 게 폐쇄적인 환경 속에서 정신병적 망상으로 발전한 나의 자의식과잉 때문일 수도 있었다. 문제는 그것이었다. 더 이상 나의 판단을 신뢰할 수 없었다는 것. 아주 기초적인 부분에서조차도. 나는 내가 정상이 아니라고 느끼고 있었다. 폐쇄적인 환경 속에서 너무 오랜 시간을 보냈던 것이다. 누군가가 무언가를 정상이지 비정상이지 판단할 수 있으려면, 그 판단의 주체가 정상이라는 전제가 먼저 작동해야 한다. 그러나 나는 내가 정상적인 판단의 주체가 될 수 있을 거라는 전제를 신뢰할

수가 없었다. 그것을 신뢰할 수 없다고 느낀다는 것 자체가
그나마 내가 혹시나 정상일지도 모른다는 부질없는 희망을
뒷받침해 주는 유일하고 부질없는 근거였다…….

실은 내가 나를 의심하고 있다는 사실을 명확히 알게
된 것은 그보다 며칠 전에 내가 알게 된 작은 표절 사건
때문이었다. SNS를 하지는 않았지만 그래도 바깥세상
돌아가는 모양은 대충 알아야 한다는 핑계로 시간이 날
때마다 뒤적거리던 트위터에서, 내가 예전에 블로그에 써서
올렸던 글의 문장으로 보이는 어떤 문장을 발견한 것이었다.
내가 쓴 글은 로맹 가리의 장편소설 『그로칼랭』(문학동네,
2010)에 대한 일종의 독후감이었고 내용은 다음과 같았다.

『그로칼랭』에 나온 대사 중 이런 말이 기억에 남는다.
어떤 교수가 대화 중 이 소설의 화자인 쿠쟁에게 하는
말이다. "말을 참 희한하게 하는군요." 자체로는 별것
아닌데, 계속 생각이 난다.

만약 언어가 슬픔에 적절하다면 아무도 시를 쓰지
않았을 것이다. 언어는 우리에게 슬픔을 주고 가는데
그 언어가 아무리 애써도 슬픔의 모양에 들어맞지 않기
때문에, 결국에는 희한한 말을 하게 되는 것이다. 그 교수는
쿠쟁과의 대화 중에 열쇠를 자물쇠에 꽂는다. 그것을

쿠쟁은 이렇게 표현한다. "게다가 교수는 이미 열쇠를 자물쇠에 꽂았다. 상호 합의 하에 사전에 준비된 자물쇠에 맞는 그저 그런 열쇠였다."

한편 내가 표절이라 생각한 문장은 다음과 같았다.

처음에 시를 읽었을 때 느낌은 '이 사람들 왜 다 희한한 말을 하지? 근데 왜 뭔가 슬프지?'였다.
지금 생각하기에 언어는 슬픔의 모양을 주고 가는데 그 언어가 아무리 해도 슬픔의 모양에 들어맞지 않기 때문에 언어로는 슬픔이 적절히 표현되지 않기 때문에 결국에는 희한한 말을 하게 되는 것 같다.

이곳에 오기 전에 나는 블로그에 이런저런 글들을 써서 올렸었는데 그것들 중에는 시덥잖은 일기도 있었고 세태에 대한 부질없는 비평도 있었으며 인상 깊게 읽은 책들에 대한 독후감도 있었다. 트위터에 돌아다니던 글은 그 독후감의 문장을 가져다 조사와 어미 정도만 조금 바꾼 것이었다. 솔직히 나는 약간 충격을 받았다. 하지만 곧 명백한 증거 앞에서도 내가 나의 판단을 의심하고 있다는 것을 깨닫게 되었다. 이게 사실은 명백한 게 아니라면 어떡하지? 표절이 아닌 거 아닌가? 사실 내가 이 사람 글을 표절했던 건가? ……그래서 더 생각하지 않기로 했다.
어차피 별로 큰일도 아니었다. 아마 블로그를 할 때 내 글을
읽던 이웃들 중 한 명인 것 같았다. 혹시나 해서 그 계정을
훑어보니 내 글을 따온 것으로 보이는 트윗들이 서너 개
더 있었다. 어떻게 보면 기분이 좋을 수도 있는 일이었다.
그렇지만 전체적으로는 그냥 무슨 반응을 보여야 할지 알
수 없었다. 그냥 좋고 나쁘고를 떠나 내 신세도 참 말이
아니라는 생각이 들었다. 누구나 쓸 수 있는 공공재, 혹은
길가에 버려진 재활용품들, 버려진 의자, 소파, 주워다가
깨끗이 닦아 쓸 수 있는 양은 냄비, 창틀에 놔두면 보기 좋은
돌멩이, 봄에 캐 먹으면 좋은 냉이나 쑥, 염소 먹이는 풀들,
그러니까 길가의 풀이나 돌멩이…… 흠.

　　풀이라…….

　　매주 일요일이면 종교 행사에 가는 인원이 있고, 그게
귀찮은 사람들은 종교 대체 활동으로 간단한 글쓰기를
했다. 이튿날 종교 대체 활동을 하는데 이번 주제가 미래에
대해 쓰는 것이었다. 풀의 이미지가 머릿속에 남아 있던
나는 글쓰기 양식이 인쇄된 종이를 가지고 탁자에 앉아
내 꿈은 정원사가 되는 것이라고 써야겠다고 결심했다.
어차피 뭐라고 쓰든 검사하는 간부들이 꼼꼼히 읽는 일은

거의 없으니까. 그리고 읽는다고 해도 정원사가 되겠다고
하면 그만이니까. 그렇지만 무엇보다 읽을 가능성이 거의
없으니까. 마음대로 쓰고, 시로 만들어야겠다. 왠지 시가 될
것 같아. 생각했다. 그래서 정원사가 되겠다는 내용으로 A4
용지 한 장을 자필로 채워서 제출한 뒤, 그 형식을 그대로
살리고 제목을 붙여 시 한 편을 만들었다.

「작은 공터의 미래」

　주제: 앞으로 30년 미래에 대해 5년 단위로 작성 ─
저는 지금 30살입니다. 35살까지 저는 학업을 마치고 여자
친구와 결혼해 투룸을 구해 사는 것이 목표입니다. 방은
최소한 두 개가 필요하다고 결론을 내렸는데 한 사람이
잠이 오지 않아서 일어났을 때도 다른 한 사람이 여전히
잠들어 있을 수 있어야 하기 때문입니다. 40살까지 저는
열심히 일을 해서 노후자금을 마련하는 한편 식물 관련
서적을 틈틈이 읽고 길을 가다 보이는 나무와 풀들의
이름을 맞히는 연습을 하며 지내겠습니다. 45살까지 저는
학자금 대출과 전세금 대출을 완납하고 베란다에 화분을
놓고 작은 정원 만들기를 연습하기 시작할 것입니다.
책장 위에는 작은 다육이들을 놓고 잎이 하나씩 떨어져

고사하지 않게 잘 돌봐 줄 것입니다. 저는 예전에 라일락
나무에 물을 주는 사람이었는데 건물 현관에 놓여 있던
그 라일락 나무는 고사하고 말았고 저는 상관에게 물을
제때 줬는데 왜 말라 죽었는지 모르겠다고 했지만 사실
물을 제대로 주지 않았었습니다. 50살까지 저는 베란다에
혹은 골목의 공터에 작은 정원을 만들고 정원 관리에
대한 서적을 탐독하며 전문 정원사로서의 꿈을 차차
실현해 나가기 시작할 것입니다. 55살까지 저는 정원에
갖가지 종류의 나무들을 기르고 가꾸어 그 지역에서 가장
아름다운 정원을 만들고 싶습니다. 특히 비닐하우스와
유리 온실을 이용해 열대 식물들을 들여놓고 시 당국의
지원을 받아 무료로 시민들에게 개방된 정원을 만들어
국제 정원 가꾸기 경연 대회에 참가해 보고 싶습니다.
60살까지 저는 정원을 즐기며 차차 정리하고 제가 정원을
만들었던 곳을 다시 골목의 작은 공터로 되돌려 놓을
것입니다.

그래도 시를 한 편 쓰자 숨통이 좀 트이는 것 같았다.
내가 써 놓고도 이게 좋은 시인지 아닌지는 알 수 없었지만.
나라고 항상 이렇게만 쓰는 것은 아니라고 스스로에게
변명 아닌 변명을 하며 위안을 삼았다. 매번 시를 쓸 때마다
보여 주는 소설가 친구에게 시를 보냈는데, 답장이 없었다.

모모에게 보여 주자 자기는 마음에 든다고, 아주 좋은 시
같다고 말했다. 그러면서 아주 나다운 시라고 덧붙였다.
그렇군. 나는 항상 이런 시만 쓰는 것일지도 몰랐다. 어쨌든
좋다니 다행이었지만, 아무리 훌륭한 시인이라도 사랑
앞에서는 눈이 어두워질 수 있을지도 모른다는 생각이
떠오르자 마음이 쓰라렸다.

9

　다시 2주가 지났다. 병영문학상 마감이 코앞으로
다가온 이 시점에 문학 열풍은 거짓말처럼 사라져 흔적도
찾아보기 힘들었다.
　모모는 드디어 시집 제목을 확정했다.
　"「코믹 북」을 제목으로 정했어. 더 이상 바꾸지 않을
거야."
　"그래? 완전히 처음 듣는 제목인데?"
　"맞아. 어쩌다 보니 그렇게 됐어. 갑자기 생각이 나더니
이게 아니면 절대 안 될 것 같다는 느낌이 들더라고. 어떤 것
같아?"
　"물론 좋은 것 같아……."
　내가 쓴 평론에는 그 이후 아무런 응답도 없었다.

나는 또 하나의 신인문학상 공모전 시 부문에서 떨어졌다.

A, B, D, 그리고 이상한 방식으로 존재하는 C에 대한 소설을 쓰던 까만 콩 선임은 소설을 마무리했을까?

「고무신과 꽃신」은……

종교 대체 활동으로 적어서 냈던 종이를 돌려받았는데, 담당 간부의 코멘트가 달려 있었다: "훌륭한 정원사의 꿈 꼭 간직하길 바라!"

나는 「작은 공터의 미래」를 완성함으로써 50편짜리 시 공모전에 투고할 묶음을 완성했다.

이제 적당히 고치고 마무리해서 인쇄를 하고 우편으로 보내면 된다. 하지만 그게 다 무슨 소용일까?

오후였고 일이 없는 날이어서 다들 빈둥대고 있었다.

햇볕이 좋았고 잡초들이 아무렇게나 자라 있었다. 낮잠을 자러 들어가거나 낮잠에서 깨어 밖으로 나오거나 하는 사람들이 많았다. 그런 것들을 보며 걸어다니다가 멈추다가 걸어다니다가 했다. 무슨 생각을 하다가 아무 생각도 하지 않았다. 그러다 보면 금방 오후가 끝날 것 같다고 생각했다. 오후가 끝나고 나면 나는……

그런 생각을 했다.

그러니까 작은 공터에 풀을 심는 일처럼, 아무것도 없는 곳을 다시 아무것도 없는 곳으로 돌려놓는 일처럼,

어쩌면…… 어차피 달리 할 것도 없으니까. 그렇게
생각했다.

　소설을 써 보자.
　그리고 그 결과가 이것이다.

　이 소설은 병영문학상에 투고되었으나 입상하지
못했다. 병영문학상 소설 부문은 대상 한 편, 우수상 두 편,
가작 세 편으로 총 여섯 편의 작품을 뽑는다.

미국
영화 할아버지

하루하루 실시간으로 성격이 안 좋아지고 있는 게
느껴진다. 약간 콩나물 자라듯이…… 눈 돌리고 다시 보면
더 나빠져 있다. 이 기세라면 조만간 아부도 만나지 못할
정도가 될 것 같다. 내 성격…… 내 성격 어떻게 하나. 나중에
절대 말 안 통하는 꼬장꼬장한 늙은 할아버지가 되어 있는
나를 충분히 상상할 수 있다. 미국 영화에서 나오는 것처럼
갑자기 무슨 엽총이나 산탄총 같은 걸 옆구리에 끼고……
숲속 오두막에 살면서 허공에 총 쏴서 사람들 쫓아내고
개 밥 주고 고양이한테 우유 주고. 독감이라 병원 안 가면
죽는데 할아버지 이거 병원 가서 치료제 맞으셔야 해요
막 엄청 오지랖 넓고 멍청하게 착해 빠진 동네 청년이
불쌍해서 말하는데 총 맞기 전에 꺼지라고 나는 감기 같은
걸로 병원 안 간다고, 백신 같은 거 안 믿는다고, 의사들은

다 사기꾼이라고 너도 빨리 꺼지라고 그러면 청년이
불쌍하고 무섭고 더러워서 그냥 가려는데 잠깐만, 그렇게
돕고 싶으면 거기 선반에서 브랜디 한 병만 꺼내 줘……
이러고. 청년이 머뭇거리면 움직일 수가 없어서 그래, 라고
갑자기 엄청 근엄하고 불쌍한 표정을 지어서 청년이 정말
너무 슬프지만 어쩔 수 없다는 표정으로 술 갖다주고 가고,
그러면 그 술 먹고 오두막에서 혼자 쓸쓸히 죽는 거지…….

　　어떻게 살까……. 얼마 전에 누군가의 일기를 읽고
나도 뭐라도 쓰고 싶었지만 쓸 수가 없었다. 왜 쓸 수가
없었을까. 뭘 하는 데 있어서, 자유로워야 한다. 만약
자유로울 수 없다면 마치 자유로운 것처럼 해야 한다. 나는
마치 자유로운 것처럼 하려고 노력 중이다. 그러다 보면
자유로워질 것이라 생각한다. 그리고 그냥 이제니 시인의
시 얘기나 하자면, 나는 이제 이제니의 시를 얘기할 때 주제
얘기를 좀 했으면 좋겠다. 내가 생각하기에 이제니 시에서
진짜 좋은 건 주제다. 그런데 주제란 무엇인가? 아무튼
「너의 이마 위로 흐르는 빛이」나 「중국 새」 같은 시편들을
보면…… 그렇다. 얼마 전 《쓺》에서 읽은 이상우 작가의
소설도 주제가 좋았다. 이 둘은 같은 주제로 글을 쓴다.(물론
둘만 그런 것은 아니다.) 그러니까 형식도 비슷하다. 진짜로
그렇다. 읽어 보면. 이제니가 소설을 쓰면 이상우처럼 쓸 것
같다는 생각도 든다. 이런 주제로 내가 평론 같은 걸 써 볼

수도 있다. 당분간은 쓰기 힘들겠지만. 가만히 생각하기로는 7월쯤 되면 쉬면서 그런 글들을 좀 써 볼까 싶기도 하다.

그렇지만 사실 나는 할아버지한테 맨날 찾아가서 귀찮게 하는 동네 청년 역할도 잘한다. 실은 그게 나의 본성에 가깝다. 나의 본성은 그렇다. 약간 구질구질하고 쓰잘데기없는…… 내가 성격이 좋다는 건 그런…… 그런데 그 청년이 어떻게 잘못 늙어서 그런 할아버지가 될 수도 있다니! 그런 것이다. 이번 주 다음 주 다다음 주까지 연달아 주말에 사람을 만날 일이 있다. 사실 너무 괴롭고 그냥 제주도 가고 싶다. 제주도로 가서 여생을 그냥 거기서…… 그런데 제주도의 가장 큰 문제는 나는 담배를 피워야 하는데 엄마는 내가 남배 피운다는 사실을 모른다는 것이다. 음. 그런데 이게 모르는 건지 일부러 모르는 척하는 건지 모르겠다. 생각해 보니 엄청나게 영악하고 영리한 행동이다. 엄마가 내가 담배 피우는 걸 모르는 동안에는 적어도 엄청나게 불편하게 몰래 피울 수밖에 없기 때문이다. 알고 나면 편하게 피울 텐데…… 아무리 적당히 피우라고 그래도 씨알도 안 먹힐 텐데…… 그래서 들키려고 좀 의도적으로 허술하게 행동해 봐도 도무지 알아채 주지를 않는다. 그래서 쉴 곳이 없다는 것이다. 사람이 쉴 곳이 있어야 사는데. 쉴 곳도 없다. 사실은 숲속도 없고 오두막도 없다. 엽총도 없고 동네 청년도 없고 고양이도 없고 브랜디도 개도 없다…….

「에반게리온」과
두 가지 선택지를 모두 고르기

17.12.28

좀 늦었지만 왠지 모르게 「에반게리온」 시리즈를
정주행했다. 티브이 시리즈를 먼저 보고(엔딩 뭔데?),
고빅스판을 보고, 신극장판 시리즈 세 편을 다 봤다.
전형적인 성장물이라는 생각을 했는데, 그런 생각을
하면서도 '난 뭐든지 너무 성장물로만 보려는 경향이 있는
거 아닐까……'라고 약간의 자아비판을 했지만 티브이판
엔딩에서 "모든 칠드런에게" 하고 박수 치면서 끝나는 거
보고 복잡한 기분이 들었다. 그래 아마 성장물이 맞았던 것
같다…….

　「에반게리온」은 복잡한 배경 스토리를 지니고 있지만,
기본적으로 극의 초반부는 '사도'라고 불리는 정체 모를
거대 괴수로부터 도쿄를 지켜야 하는 상황을 중심으로
전개된다. 그 사도로부터 도쿄를 지키기 위해서는 주인공인

'신지'가 '에바'라고 불리는 기체에 탑승을 해야 하는데(신지
말고 다른 사람은 왜인지 탑승이 불가능하다.) 문제는 신지가
한 번도 그런 목적으로 훈련을 받은 적도 없고, 자신이 그런
자질을 갖고 있다는 것조차 몰랐던 평범한 중학생이었다는
것이다. 당연히 어떻게 조종하는지도 모른다.(그냥 일단 타서
어떻게든 하라고 한다…….)

사실 에바에 탑승을 해도 싸우다 죽을 수도 있는 건데
무서울 만도 하고, 그런데 네가 에바에 탑승하지 않으면
인류가 멸망한다고 하니 타지 않을 수도 없다. 그러니까
애가 엄청난 압박과 갈등에 시달린다. 이 시리즈를 본
사람들 중에는 신지의 우유부단함에 치를 떠는 이들이
많은데, 인류가 멸망할 위기인데도 가출을 해서 이로부터
도피하는 등의 행동을 보면 그 마음이 이해가 전혀 가지
않는 것은 아니다. 그래도 내 생각에는 아무것도 모르는
어린애가 그런 상황에 내던져진 걸 감안하면 극악일 만큼
심한 정도는 아닌 것 같다. 특히 코믹스판을 보면 그렇다.
인성 붕괴라고 할 정도로 심한 몇몇 장면은 원작 감독의
악취미로 인한 오류라고 생각한다.

결국 에바에 타느냐 마느냐, 그것이 신지의 딜레마다.
에바에 타는 일은 괴롭지만 그것으로부터 도망치는
일은 더욱 괴롭다. 그래서 '도망치지 말자'고 생각하고
에바에 타려 하지만, 결국 더 큰 괴로움(에바에 타지 않는

것)으로부터 도망치는 모양새가 된다. 요점은 주체적인
결단이라는 것이 불가능해진다는 것이다. 신지의 소망은
미사토의 말에 응답하는 것, "네가 하고 싶은 것을 해!"를
실천하는 것이지만 반대로 어떤 선택을 하더라도 신지는
"이게 정말 내가 하고 싶었던 것일까?"라는 질문의 늪에
빠지고 만다.

　　이는 자연스럽게 '진짜 나'라는 개념과도 연관된다.
신지는 두 명의 자신으로 분리되는데, 에바 초호기의
파일럿으로서의 신지, 그리고 파일럿이 아닌 신지이다.
그것은 간단하게 상징계적 나와 상상계적 나의 분열로
말해질 수 있다. 에바를 타는 것은 모두가 필요로 하는
일이다. 에바의 파일럿은 사람들 간의 관계 속에서 자신이
행할 수 있는 기능으로부터 정의되는 자신이다. 그 기능을
자신에 대해 외부적인 것으로 보게 되면 "이 기능을
제외했을 때 나는 뭐가 남을까?"라는 질문을 피할 수 없게
된다. 그러나 그것을 제외했을 때의 나란 없다. 그렇기
때문에 그 '나'를 상상적인 것이라고 부르는 것이다.

　　말하자면 아버지의 '호명'으로부터 신지의 입문식이
시작되는 것이고, 그 모든 행로는 사람들 사이의
관계 속에서 정의되는 자신을 '받아들이는' 과정이다.
받아들여야만 한다고 표현한 것은 "에바에 타느냐
마느냐."라는 것이 실은 강제된 선택이기 때문이다. 그것은

강도를 만났을 때 "지갑이냐, 목숨이냐."라는 선택지 앞에 놓인 상황과 유사하다. 목숨을 선택하면 목숨은 지킬 수 있다. 그렇지만 지갑을 선택한다면 지갑과 목숨을 둘 다 잃을 것이 자명하다. 호명이라는 것은 언제나 이 강제된 선택의 구조를 갖는다. 결과적으로 에바에 타지 않을 수는 없는 것이다.

그러나 그렇게 강제된 상황 속에서 주체성 또한 획득해야 한다. 그것은 관계 바깥의 자신은 없다는 것, 그리고 관계 속의 나야말로 진실한 것이라는 두 가지 사실을 받아들여야 가능하다. 이는 티브이판에서의 아스카나 레이 역시 가지고 있는 질문들이다. 특히 레이와의 관계에서, 신지는 자신에게 있어 레이가 어떤 존재인지를 질문하면서 스스로를 어떻게 바라봐야 할지를 배운다. 수많은 복제품이 있다 하더라도 신지에게 의미 있는 소중한 대상은 그 자신과 많은 시간을 보내고 이런저런 경험을 하고 차근차근 가까워졌던 바로 그 레이인 것이다.(자연스럽게 어린왕자와 무수한 장미들, 그리고 단 한 송이의 장미가 떠오른다. 결국 성장의 핵심적 문제 중 하나는 어떻게 무수한 것들 중 하나로서 다른 무수한 것들 중 하나와 관계를 맺는지에 대한 것이기 때문이다.)

그러므로 신지가 "여기 왜 왔느냐."라는 아버지의 질문에 "나는 에바 초호기의 파일럿 이카리 신지입니다!"라고 대답했을 때, 바로 그 순간을 기점으로 이 작품은 다음 단계를 밟게 되는 것이다. 그는 관계 속에서의 자신이 진정한 자신이라는 사실을 받아들인다. 티브이 시리즈와 코믹스 판에서 이 받아들임은 초호기의 각성과 더불어 본격적인 인류 보완 계획의 전개로 이어지며, 신극장판에서는 두 번째 극장판 '파'를 마무리 짓는 서드임팩트의 발생과, 그 이후 'Q'의 세계로 넘어가는 기점이 된다.

사실 저 대답은 그 전에, 신지가 자신의 친구가 자신의 기체로 살해당하는 것(이건 판본마다 내용이 조금씩 다르지만 큰 틀에서는 똑같다.)을 목격하고 "더 이상 에바를 타지 않겠다."라고 선언한 것과 유사한 위상을 갖는다. 신지의 아버지는 신지의 의도를 거스르고 강제적으로 더미 시스템을 이용해 적이 된 신지의 옛 동료를 살해한다. 그로부터 신지는 더 이상 에바에 타지 않겠다는 뜻을 분명히 전한다. 이때 미코토는 신지를 보고 "자신의 생각에 따라 행동하고 있어."라고 말한다. 작품 초반부에 가출의 형식으로 이루어졌던 도피와는 전혀 다른 것이다. 이 행동은 에바에 타기 전의 '진짜 나'로 돌아가려는 상상적 도피가 아니라, 신지가 사람들 간의 관계 속에서 벌어진 일에 대처하는 하나의 방식이다.

즉 무엇이 진짜 선택이냐는 선택한 결과물에 달려 있지

않다. 극 초반부에서 신지는 에바에 타겠다는 선택지와
도망친다는 선택지를 둘 다 실행해 본다. 그러나 그 둘 모두
신지에게는 '진짜 나'를 배반하는 것으로 느껴진다. 주위의
반응 역시 어린애의 투정일 뿐이라는 식이다. 반면 극의
중후반부에 이르러 신지는 또 한 번 에바를 거부하기도,
탑승하기도 하지만 그 선택은 둘 모두 신지 자신의 진짜
선택으로서 인식되며, 타인들에게도 그렇게 받아들여진다.
관계는 나 자신이 그 바깥을 상상할 수 없는 지평이며,
동시에 '진실된 것'의 유일한 저장소다. 그것이 신지를
둘러싼 모든 문제의 시발점이며 또한 그것의 해결책이다.

　　물론 우리는 이를 거창한 운명을 짊어진 신지에게만
국한시켜 읽을 필요는 없다. 성장이라는 것은 일반화가
가능한 테마이고, 그것에 실패했을 때(자신의 입장에서)
세계가 사라지는 것은 꼭 신지가 아니라 누구에게나
마찬가지이기 때문이다. 아무튼 티브이판 「에반게리온」과
신극장판의 「에반게리온」은 위에서 언급한 에피소드를
기점으로 다른 길을 걷게 된다.

등불

실제로 그렇게 자주 읽는 것은 아니지만 문학에 대한 내 생각의 기반이 되는 책 두 권은 오규원의 『현대시작법』과 존 케이지의 『침묵』이다. 전자가 오규원의 글쓰기에 대한 내 나름의 독해를 통해 공감할 수 있는 경우라면…… 후자의 경우 나의 독해라는 게 물론 없지야 않겠지만 보다 더 직접적으로 한 글자 한 글자가 틀린 말이 없고 그대로 절절히 맞다는 느낌을 준다. 가령 이런 말들. "생명 없는 구조는 죽은 것이다. 그러나 구조 없는 생명은 목격된 바 없다."[■] 시의 신비를 탈구조에서, 구조의 해체에서, 혹은 무-구조에서(그러니까 그냥 그런 것, 그 자체일 뿐인 것)에서 찾는 담론에 지친 나에게 저런 말은 정말이지 반가움을 넘어선 어떤 동질감을 느끼게 한다. 등불처럼 느껴지기도 하는데 내가 좋은 시를 읽을 때 느끼는 것처럼 저곳에도

■ 존 케이지, 나현영 옮김, 『침묵』(포도밭출판사, 2025), 172쪽.

이미 누군가 가고 있던 사람이 있구나라고 느끼게 해
주기 때문이다. 어떤 좋은 시는 내게 이렇게 써도 된다는
안도감을 준다. 케이지의 글은 내게 이렇게 생각해도
된다는 안도감을 준다. 그러니까 어떤 허락이라기보가는
그저 내게도 동료가 있다는 느낌을 준다……. 동료는 꼭 지금
이곳에서 찾지 않아도 된다는 안도감을. 신비란 무엇인가?
우리가 이해할 수 없는 질서로부터 느끼는 경이이다.
신비를 보존하고자 하는 사람들은 그러므로 그 질서를
이해하려는 시도를 두려워한다. 하지만 우리가 그것을
이해하게 된 후에도 여전히 남아 완전히 사라지지 않는
것이 있고 나는 그 잔여에 더 관심이 있다.

　　오규원은 『현대시작법』에서 시는 할 만한 일이지만
세계에 많은 할 만한 일 중 하나일 뿐이라고 말한다. 그와
비슷한 맥락에서 나는 문학이 아주 특정한 하나의 생각
내지는 관점일 뿐이라고 생각한다. 문학은 모든 것에 대한
모든 것이 아니다. 문학은 특별히 자유와 상관 있지가 않다.
문학은 특정한 생각에 따라 쓰는 것이고 이 생각은 특별히
더 옳다기보다 그저 이런 생각에 빠져 있는 사람들 혹은
이렇게 생각하는 게 낫다고 생각하는 사람들이 있는 거라고
생각한다.

　　얼마 전에 문학 전반에 문외한인 친구와 얘기를 하던
중에(이동진이 누구인지도 모른다.) 그 친구가 내 궁극적인

목표가 뭐냐고 물었다. 나는 궁극적인 것까지는 모르겠고 당장의 목표는 있다고 말했다. 생각해 보면 예전부터 그랬다. 그게 어떤 의미에서는 뻔한 거짓말인 것을 당연히 스스로 인지한 상태로도 아무튼 그랬던 것 같다. 처음엔 그냥 시처럼 보이는 무언가라도 써 보는 게 목표였고 그러면 충분할 거라고 생각했다. 그 다음엔 한 권의 시집을 쓰는 것이 목표이고 그 이상은 현실적으로 생각하고 있지 않다고 말했던 것 같다. 이 말이 번복되지 않을 거라고 생각한 건 결코 아니었지만 그렇게 말해 두고 스스로 그렇게 생각해 두면 적어도 그때까지는 시를 써도 될 것 같았다. 내가 뭐 평생 하겠다는 게 아니야. 딱 그것까지만. 그리고 친구에게 지금 당장의 목표는 두 번째 시집을 쓰는 것이고 그 이상은 생각하고 있지 않다고 말했다. 그다음은? 하고 묻기에 그다음은 문학에 대한 비평서 한 권을 쓰는 게 될 것 같다고 얘기했다. 그 뒤는 정말 모르겠는데. 친구는 문학에 대한 한 권의 책이 무슨 말이냐고 물었다. 예를 들어 문학은 감동을 주는 것이다, 라고 생각하는 사람이 있다고 해 보자. 그런데 이 생각에는 채워야 될 부분이 엄청 많잖아. 나는 교과서에 나온 시를 읽고 감동을 안 받았는데 그건 문학이 아닌가요? 하고 물을 수도 있고. 나는 감동을 받았고 얘는 안 받았는데 그럴 땐 어떡하나요? 난 영화를 보고 감동을 받았는데 그럼 영화도 문학인가요? 뭐 이런

질문들이 있을 수가 있잖아. 그럼 그런 것들에 대해서 쭉
대답을 하면서 마지막에 그렇기 때문에 이러이러해서 나는
문학이 감동을 주는 것이라고 생각합니다, 라고 말해야
어느 정도 의미가 있는 거고 그걸 하려면 대충 책 한 권
정도는 필요하다는 거지. 이렇게 말했더니 자기는 이런
얘기도 재밌다고 이런 내용으로 누가 책을 써도 재밌게
읽을 것 같다고 얘기했다. 나는 그런 내용의 책은 이미
많을 거라고 말해 줬고 정말 그런 내용의 책이 있더라도
이 친구가 그 책을 읽지는 않을 거라고 생각했지만 그래도
그렇게 말해 준 건 귀엽고 고맙다고 생각했다.

정말 많은 사람들이 책을 읽지 않는다는 사실을
생각하게 된다. 이동진은 「라디오스타」에도 나왔다는데
친구는 이동진을 모르는 사람도 우리나라 사람들 중
80퍼센트는 될 거라고 말했고 말은 그렇게 했지만
90퍼센트는 넘게 모를 거라고 생각하는 것 같았고.
그게 맞을 것 같고 그 사실은 중요한 것 같다. 동료와
친구와 그리고…… 나는 내가 그의 대부분을 좋아하는
사람들과도 결정적으로 무관해질 수도 있다고. 그건
나쁜 게 아니고 그냥 일어나는 일들 중 하나라고 또 어떤
사람의 많은 부분이 약간 완전히 받아들이기 힘들다고
생각하더라도 그에게 애정을 쏟을 수 있다고. 그런 당연한
것들을 생각하고 다시 생각하고 한다. 그리고 또 동시에

한편으로는 이런 생각을 하는 사람들과는 누구와도 결국
친해질 수 있지 않을까 생각하고 갑자기 아냐 나는 아무도
아무것도 싫어하지 말자 생각하고 아냐 그건 미친 헛소리고
생각을 똑바로 해야 해 그냥 이 시간에 한 글자라도 더
책을 읽고 글을 쓰고 그러자 정신 차리자 엉뚱한 생각 좀
하지 말자 바보 같아 어쩔 수 없는 것 말고 어쩔 수 있는 것
실생활에 관련된 것을 생각하자 실속 있는 것 실속 있는
것을…… 그런 생각들을 하게 되는 것 같다.

트라우마
영화

금정연의 책 『담배와 영화』에는 「화양연화」에 대한 글이
있다. 거기서 왕가위 감독은 완성될 때까지, 심지어 완성된
후에도 완성이라는 말 자체를 애매하게 만들 만큼 잡히지
않는 작업에 대해 이야기한다. 시인 R은 그 글을 보고
자신도 작업을 할 때 종종 그런 느낌에 사로잡힐 때가
있다고 했고 그는 어렸을 때 「화양연화」를 봤는데 뭐라
말하기 힘든 이상한 느낌을 받았으며 그런 느낌을 줬던
영화들이 몇 편 정도 있다고 말했던 적이 있다. 나는 그런
경험이 참 멋질 것이라고 생각하면서도 나 자신은 거의
그런 느낌을 받아 본 적이 없다고 생각했다. 종종 그런
경우가 있다. 특히 잠에 대해 얘기할 때. 내 주변에서
글을 쓰는 사람들은 대부분 불면증에 시달리고 있거나
시달렸던 적이 있는데, 그들은 다 글을 잘 쓰는 사람들이고

그래서 나는 내가 글을 잘 쓰지 못하는 게 잠을 너무 잘
자기 때문이라고 생각하게 된다. 유명하게는 카프카도
불면증에 시달렸다. 카프카는 두 가지로 유명하다.
공무원으로 꼬박꼬박 일을 하면서 명작을 써낸 소설가,
그리고 불면증에 시달린 소설가. 카프카의 『꿈』이란 책에는
그가 겪었던 불면의 괴로움이 고스란히 남아 있다. 그런데
나중에 알게 된 바로 카프카는 그때 이미 선진국이었던
독일의 가호 아래 오후 2시면 퇴근을 했다. 그리고 그의
일과 중에는 낮잠이 포함되어 있었다. 그래 놓고 뭐…… 꿈이
현실을 침투한다느니…… 낮잠을 그만 자야지 낮잠을 자면
당연히 밤에…….

　　아무튼 나는 잠을 질 자고, 잠을 질 자는 긴 나의
거의 유일한 특기인데, 나는 친구 집에서도 잘 수 있고
노래방에서도 잘 수 있고 사실은 커피를 잔뜩 마시고
낮잠을 자도 밤에 또 잘 잘 수 있다. 그게 뭘 의미하는지
모르겠다. 아마 내가 잠이 많은 사람이라는 걸 의미할
것이다……. 요즘에는 밤에 잘 자도 낮에도 잠을 참기가
힘들다. 그게 나의 괴로움이다……. 나는 이러저러한
이유로 어렸을 때 문화적 환경에 거의 노출되지 못했고,
몇 권 정도의 책을 제외하면 당연히 영화와도 거리가
멀었다. 왜 내게는 트라우마가 되었던 영화가 없을까?
약간 슬퍼져서 열심히 과거를 뒤져 보자 내게도 그런

비슷한 영화가 있었던 것 같다는 생각이 들었다. 그것은
「잃어버린 아이들의 도시」와 「워터월드」이다. 지금
생각하면 도대체 왜인지는 모르겠지만 「잃어버린 아이들의
도시」와 「워터월드」는 내가 어렸을 때 영화 채널에서
거의 광고만큼이나 많이 틀어 주던 영화들 중 하나였고,
볼 때마다 매혹되었지만 단 한 번도 끝까지 본 적이 없던
영화들이었다. 「잃어버린 아이들의 도시」는 기괴한 포스트
종말론적 배경에서 아이들이 어떤 이유론가 모험을 하고
'통 속에 갇힌 뇌'와 바보 어른들 그리고 엄마를 외치며
우는 늙은이들이 등장한다. 내가 기억하는 것은 이게
전부다……. 어둡고 침침한 도시와 그로테스크한 분위기.
무엇보다 나를 사로잡았던 것은 제목이었던 것 같다.
그러니까, 잃어버린 건 아이들인가 도시인가? 지금 생각해
보면 잃어버린 아이들이 모여 살던 도시라는 뜻이었던 것
같다. 어쨌든 나는 변변찮은 전개도 없고 (항상 온갖 이유들
때문에 내가 중도에 보기를 그만둔 바람에) 절대 끝까지 볼 수
없었던 그 영화를 우연히 때로는 컴퓨터로 다운받아서까지
반복해서 보면서 이 이상한 영화를 다 보고 나면 잃어버린
것이 아이였는지 도시였는지 그걸 누가 잃어버린 건지
알 수 있게 되리라고 생각했지만 결국 아직까지도 한
번도 처음부터 끝까지 그 영화를 다 보지 못했다. 지금
생각하기로 그 이야기에서 진짜 잃어버린 것으로 다뤄지는

것은 아이가 아니라 어른이다. 나이에 상관없이 그 누구도 어른이 되어 있지 못하고 인물들은 단순히 성장에 실패한다는 정도가 아니라 아이 그 자체에 머물러 있다. 아이에게는 아직 성장이 문제가 되지 않는다. 따라서 「잃어버린 아이들의 도시」는 성장이라는 개념 자체가 존재하지 않는 곳이다. 진짜 아이들은 그것을 괴로워하지 않지만 아이가 아닌데도 아이로 남아 있는 인물들은 그것 때문에 괴로워했던 것 같다. 그리고 전혀 괴로워하지 않고 씩씩한 아이들은 도대체 그 괴로움이 왜 존재해야 하는지를 의문에 부친다. 그 괴로움은 우스꽝스럽고 슬프지 않고 성가시고 귀찮으며 시끄럽고 보기 좋지 않다. 그것은 또 무엇을 의미했을까?

　　「워터월드」에서 가장 눈에 많이 띄었던 건 물론 물이다. 지금의 내 인상으로 이 영화는 바다판 「매드맥스」인데, 「매드맥스」와는 다르게 박진감 넘치는 액션 장면 같은 게 없었던 것 같다. 나는 그 영화를 보면서 바다가 사막과 비슷하다는 걸 알았고 내가 그 영화에서 좋았던 건 그 영화에서 느껴지는 수분 부족, 그러니까 상시적인 갈증과, 가끔 마시는 물(마실 수 있는 물)의 상쾌함과 소중함.(「석양의 무법자」에서 사막을 건너다 물을 아끼기 위해 입술에 물을 적시는 장면이 떠오른다.) 그리고 인물들은 대부분의 시간 동안 그저 바다 위를 둥둥 떠다녔고 바다에는 아무것도 없고 거기에는

당연히 바다와 구름과 하늘 같은 것들밖에 없었다는 점,
그런 것들은 지금 생각해도 내게 좋은 기분을 준다. 그냥
떠다니는 것……. 하지만 「워터월드」는 내가 기억하는
것과 전혀 다른 영화일지도 모른다. 「잃어버린 아이들의
도시」도……. 내가 그 영화들을 끝까지 다 볼 수 있을지
모르겠다. 나는 차곡차곡 정리하는 것에 대한 어떤 선망
같은 것이 있고, 산만함, 손에서 빠져나가는 느낌, 일단 미뤄
두는 것, 그 미뤄 둔 것들이 점점 쌓이고 그것을 외면하는
일, 그리고 무언가 내가 알지 못하는 것들이 엄청나게 많고
그것들은 아주 중요해서 나를 크게 망쳐 놓고 있거나 이미
망쳤거나 적어도 앞으로 망칠 건데 그것들을 아주 잠깐만
힘을 내서 마주하고 정리하기 시작하면 금방 처리할 수
있겠지만 왜인지 모르게 절대로 그것에 착수하고 있지
않다는 느낌, 나는 언제나 그런 것들에 사로잡혀 있고 그런
것들에서 벗어나고 싶지만 사실은 그로부터 벗어난 깔끔한
상태라는 것 자체가 이루어질 수 없는 환상에 속할 것이다.
나는 언젠가 「잃어버린 아이들의 도시」와 「워터월드」를
끝까지 다 볼 수도 있고 결국 끝까지 보지 못할 수도
있겠지만 어느 쪽이든 그렇게 중요한 일은 아니며,
생각하는 것도 생각하지 않는 것도 다 잘 되지는 않는데 잘
되지 않는 것을 하려고 애를 쓰다 보면 자연스레 잠이 오고,
내게 있어 현실을 침투하는 것은 꿈이 아니라 잠이다. 잠을

많이 자서 좋은 일 중 하나는, 누구든 잠을 자는 동안은
조용히 있을 수 있다는 것이다.

두부와
소설

어제는 오랜만에 다시 책을 읽었고 얼마 전에 읽다가 남겨 둔 정영문의 『강물에 떠내려가는 7인의 사무라이』를 마저 다 읽을 수 있었다. 확실히 내 취향을 완벽하게 저격하는 책이었고 읽는 동안 너무 좋은 시간을 보낼 수 있었다. 그런 생각이 든다. 이런 소설이야말로 재밌게 웃으며 읽자고 쓴 소설인데. 아닌가. 맞겠지. 정영문의 소설은 어렵지가 않고 무엇보다 예술적이지 않다. 우리가 예술이란 것을, 특히 문학에서 드러나는 예술성이란 것을 어떻게 생각하느냐에 따라 다른 의미가 되겠지만. 내가 생각하기엔 예술적이지 않고 대중적이다. 친근하다. 그렇지만 실제로 대중적으로 읽히지는 않는 것 같다. 여러 사람들이 재밌게 읽으면 좋겠다고 생각하면서 쓴 소설이란 생각이 드는데 그렇게까지 여러 사람이 읽지는 않는다. 그게 이 소설을

어떤 아이러니한 상황에 놓아두게 되고 그 아이러니는
교도소에서 콩밥을 너무 많이 먹어서 콩에 질려 버린
사람이 출소를 하면 두부를 주는데 그 두부가 실은 콩으로
만든 거였다는 그런 아이러니랑 비슷하게 느껴진다. 어쨌든
그러면 어떻게 할까. 그냥 내 생각일 뿐인지도 모른다.
정영문의 소설을 읽고 좋아할 대중이라는 것이 여기 있는
대중이 아니라 다른 곳에 그러니까 말하자면 다른 시간에
아마도 높은 확률로 이미 지나가 버린 시간에 있는 그런
대중일 수도 있다. 물론 지금 이곳의 대중일 수도 있다…….
내가 잘 몰라서 그러는 것일 수도 있으니까. 어쨌든 거기서
그래도 두부를 먹는다는 것, 그냥 누군가는 구덩이로 보고
누군가는 쓸모없는 것으로 보고 누군가는 별로 관심 없어
할 도랑을 계속 판다는 것. 누구 하나쯤은 이런 도랑을
팔 수도 있는 건데 그걸 어떻게 할 수 있는 일은 아니고
어떻게 할 수 있을지는 몰라도 굳이 어떻게 할 필요는 없는
일이라서 그냥 계속 도랑을 파는 것. '예술적'이지 않으므로
대중이 몰라주는 불운한 예술가의 분노는 정영문의 것이
아니고, 그러니까 정영문이 그렇게 분노를 하지 않는다는
것뿐만이 아니라 애초에 그는 누구에게도 그러한 분노를
가질 권리가 사실은 별로 없다고 생각하는 것 같고 그래도
그가 가끔 어떤 이유로 화가 날 수는 있는데 그냥 놔둬서
가만히 사라지도록 하는 것. 나는 얼마 전까지만 해도

비평가란 좋은 작품을 좋다고 말해야 할 의무가 솔직히 어느 정도는 있다고 생각했고 그런 의무를 가지고 있는 사람은 의무를 수행하기에 편리하게 해 주는 분노 같은 것을 어느 정도 가지고 있어도 된다고 생각했던 적이 있고 지금도 완전히 그렇게 생각하지 않는 것은 아니지만 사실 나의 경우를 말하자면 나는 이제 총체적으로 그런 힘이 없고 뭐랄까. 그런 사람은 아무도 바라지 않고 그 아무도에 나도 포함된다고 생각을 한다. 심지어 이제는 그냥 모든 종류의 리뷰는 전부 다 비윤리적이고 리뷰 같은 건 아무도 쓰지 말아야 한다고 생각하지만 그럼 내가 쓰고 있는 건 뭐지? 하지만 가만 생각을 해 보면 책을 좋아해서 모인 사람들의 집단이 있다면(물론 그 사람들이 실제로 구체적인 한 자리에 모여 있는 것은 아니지만) 그 집단이 할 일은 좋은 책을 쓰는 사람들이 좋은 책을 쓰기에 좋은 환경을 함께 만들어 가는 그런 일이 아닐까? 그게 아니라면 그런 집단이 무슨 의미가 있으며 또 반대로 오히려 어떤 좋은 책을 쓸 의지 같은 걸 갖고 그 의지를 실행에 옮기는 데에 도리어 방해가 되고 힘이 빠지게 만든다면 무슨 의미가 있는지 모르겠는데. 그렇지만 있는 것들에 다 의미가 있는 것은 아니다. 다시 잘 생각을 해 보면 아무 기대가 안 되는 것이 당연하고 도랑을 파는 일이 뭐 대단한 일도 아니고 도랑을 파는 데 관심이 없는 사람들이 있다는 것은 너무 당연한 일이라 더 말할 필요도 없는 것 같다. 정영문의 문체는 특이한데 그는 예술가가 아니므로 언어와 싸우고 고투하고 사투한다기보다 그리고 반대로 언어와 함께 즐겁게 노는 것도 아니고 뭐랄까 그런 문체 자체가 하나의 농담이고 장난이라는 듯이 쓴다. 왜 농담이고 뭐가 웃긴 걸까? 굳이 예시를 들지는 않겠지만 아주 긴 문장을 읽었는데 마지막에 가서 이때까지 이 문장을 읽은 걸 다 헛수고로 만들어 버리는 방식으로 문장이 끝나면 그럼 도대체 왜 이렇게까지 썼는데 하고 헛웃음이 나올 수도 있다. 또는 문장이 아주 길고 복잡한 복문인데 정작 문법적으로 딱히 흠잡을 곳이 없는 경우도 있다. 우리는 언어의 한계 지점에서 예술을 수행하므로 비문은 예술적인 것이지만 이런 식의 정합성, 기존의 규칙에 부합하는 것은 예술이 아닐 것이다. 비문을 주로 다룬 작품에 대한 해설을 참고해 보면 비문만이 곧 예술적인 것이란 사실을 금방 알 수가 있다. 하지만 비문인 듯하다가 결국 비문이 아니고 문법 규칙을 아주 잘 따르고 있는 문장이라는 것이 있다면 그건 뭐랄까 예술은 아니고 소심한 반항 같은 거고 더 엄밀히 말하면 반항이라기보다는 그냥 어깃장을 놓는 거고 하하 아냐 그런 건 아냐라고 말하는 일이다. 이럴 거면 차라리 비문을 쓰고 말겠다라는 생각이 들 수도 있다. 그런 무의미함에 대한 친근한 태도가 정영문의 소설에 있다. 그러니까 한 번에 잘 알아들을

수 없는 게 꼭 한계 밖에만 있는 것은 아니고 그러면 꼭
거기까지 가야 하나 가는 것 자체는 좋을 수도 있는 일인데
뭐 이런 생각이다. 이미 안에서도 어지러워서. 그래서
자연스럽게 쓰인 문장들이지만 이 문장들이 이루는 세계는
무위의 세계가 아니라 작위의 세계다. 최근에 읽은 소설들
중에 가장 강렬한 감정을 느꼈던 것은 박솔뫼의 작품들이라
둘의 친연성도 생각하게 된다. 특히 박솔뫼의 「광장」과
「영화를 보다가 극장을 사 버림」, 그중에서도 「광장」을
읽으면서 진짜 이런 소설은 너무 좋구나 너무 좋구나……
생각했었는데 아무튼 박솔뫼의 소설에서도 이런 가벼움이
특장으로 작용한다. 정영문과 다른 소설을 쓰는 작가이기는
하지만. 다들 다른 소설을 쓰지만 내가 좋아하는
작가들인 정지돈이나 오한기의 소설에도 마찬가지의
가벼움이 있다. 아무튼…… 이런 건 나만의 생각이지만
그리고 『강물에 떠내려가는 7인의 사무라이』는 다시 또
읽어야겠지만(최근에 빠르게 읽고 조만간 다시 읽어야지 한
책들이 쌓여 있다……) 그냥. 코요테를 좋아하고 코요테를
쫓아내는 것도 좋아하고 코요테는 정작 별로 관심이 없어서
다가오지 않는데 코요테가 멀리서 지나가면 코요테 쪽으로
발길질을 하고 코요테를 쫓아냈구나 좋아하는 당나귀의
이미지 같은, 아름답고 왠지 모르게 조금 슬프기도
한 장면들이 많다. 이런 소설은 사람들이 뭔가를 좀

칭찬하고 싶을 때 자주 쓰는 말을 빌자면 하나의 사건인데 사건이라면 텍사스의 칠면조들과 7인의 사무라이들이 인간으로부터 세계를 탈취했지만 아무도 모르는 방식으로 그렇게 해서 인간도 칠면조도 7인의 사무라이들도 여전히 그걸 모르고 이때까지 살던 것처럼 그대로 살게 만드는 그런 사건이다. 두부를 먹는 거지……. 하지만 두부가 없는 사람도 있다. 아니다. 사실 두부는 싸고 동네 마트든 큰 마트든 어디에서나 쉽게 구할 수가 있다…….

진정하기

20.04.27.

「영화에 대한 것은 아닌」은 어느 정도는 과거에 대한 글이기도 하다. 얼마 전에 과거에 대해 생각하다 이런 생각을 했다. 일반적인 경우 나는 과거에 대해서가 아니라 과거에게 글을 쓴다. 나는 지금 이곳이나 미래의 어떤 곳을 위해 쓰는 것이 아니라 과거의 어떤 지점을 향해서, 내가 보기에는 분명히 거기 있었어야 하는데 실제로는 없었던 그런 글을 쓴다고 생각한다. 내가 책을 쓴다면 그 책은 지금은 별 필요 없고 나중에는 더더욱 필요 없을 것이고 과거에 있었어야 했던 그런 책이 되었으면 좋겠다고 생각한다. 나는 현재가 싫고 미래는 더더욱 싫다. 가장 싫은 것은 지금 도래-한-비-미래로서의 현재다. 가끔 이렇게 외치는 사람들이 있다. "지금은 2020년이라고!" 그래 맞다……. 하지만 2020년이 무슨 잘못인 것일까? 왜

2020년은 모든 게 잘되어 있지만은 않지만 그래도 모든
게 잘되어 있었어야만 하는 그런 연도가 되고 말았을까?
그래서 정말 잘못한 것이 사실은 2020년 그 자체인 것처럼,
하지만 어떻게 생각해 보면 2020년에게는 아무런 죄도
없을 텐데, 나는 2020년을 위해서라도 100년 정도가 빨리
지나가야 한다고 생각한다. 그때쯤이면 2020년도 편해질
수 있지 않을까? "진정해, 그때는 2020년이었잖아……."

안 해

'열심히의 세계'를 거부하는 박솔뫼의 단편 「안 해」는 지금의 독자들에게는 이미 익숙한, 그리고 쉽게 받아들여지는 어떤 사상을 내포하고 있는 것처럼 보인다. 한마디로 말하자면 나는 열심히 안 한다, 그리고 열심히 안 하겠다, 그리고 열심히 안 해도 괜찮다, 심지어는 그것이 열심히 하는 것보다 훨씬 낫다, 등등이다. 이런 층위에서 이 소설을 읽을 때 우리는 어떤 즉각적인 위로를 받는 듯한 느낌이 들며(왜냐면 열심히 하는 건 힘드니까…….) 또 이 '열심히'에 대한 강조와 압박은 매끄럽게 자본주의적인 압력으로 치환된다. 왜냐하면 무엇이 되었든 아무튼 해라!라고 말하는 것이 우리가 잘 알고 있는 자본주의의 속성이기 때문이다.

어떤 독해는 이 글의 '안 해'를 바틀비의 '안 하고

싶습니다.'와 연결시키기도 한다. 바틀비의 거절 역시 어떤 전적이고 포괄적인 거부의 제스처다. 하지만 「안 해」에서 검은 옷 남자가 강요하고 화자가 거부하는 '열심히'라는 게 "무엇이 되었든 아무튼"이라는 포괄적인 층위에서 읽힐 수 있을까? 나는 아니라고 생각한다. 이 작품에는 '열심히의 세계'에 대해 아주 뚜렷하고 구체적인 기준과 평가가 있다. 가령 검은 옷 남자는 이렇게 말한다.

너희는 도무지 열심히라는 것을 모르니까 30분 간 내 이야기를 들으며 열심히에 대해 생각해. 열심히. 처음에는 어렵겠지만 열심히 하다 보면 깨닫게 되는 순간이 올 것이나. 열심히. 열심히에 도달하면 이세 너희의 소리와 너희의 노래가 완성되고 완성이 되면 너희는 이제. 노래가 되어 세상으로 날아가는 거다, 그게 노래다.▪

남자의 말들을 이루는 핵심적인 어휘들은 이런 것들이다. '열심히', '깨닫게 되는', '순간', '도달', '완성'. 그러니까 남자가 말하는 '열심히의 세계'를 단순히 무엇이든 열심히 하자는 것에 방점이 있다고 읽어서는 안 된다. 문제는 그 세계를 어떤 종류의 '열심히'가 채우고 있는지 읽는 것이다.

우선 열심히 해야 한다. 그리고 그렇게 하다 보면

▪ 박솔뫼, 「안 해」, 『그럼 무얼 부르지』(민음사, 2020), 46~47쪽.

무언가를 깨닫는 순간이 온다. '열심히'라는 것은
일차적으로 이 깨달음에 도달하기 위한 수단이다. 그
깨달음을 통해서만, 깨달음을 얻는 그 '순간'을 통해서만
무엇인가가 '완성'된다. 말하자면 이 남자의 '열심히'는
피라미드를 쌓아 가는 그런 열심히는 아니다. 매일매일
조금씩 돈을 저축해서 부자가 되는 그런 열심히가 아니다.
매일 축적되는 실질적 과정으로서의 그런 열심히가 아니다.
그것은 우선 어떤 단절을 포함하는, 완성을 함축하는 그런
열심히이다. 또한 이 완성은 어떤 과정의 종결이라는
의미에서의 완성이 아니다. 가령 피라미드를 꼭대기까지
쌓았다, 카드 탑을 끝까지 다 쌓았다, 노래를 끝까지 다
불렀다, 이런 것은 남자가 말하는 완성이 아니다. 그래서
계속 다시 해야만 하는 것이다. 남자는 부른 노래를 또
부르고, 또 부르라고 시킨다. 이때 완성되어야 하는 것은
대상이 아니라 자기 자신이다. 즉 자신의 완성은 대상의
완성보다 먼저 이루어져야 하는 것, 대상의 완성을 위해
전제되어야 하는 것, 어떤 대상을 그것이 시작되기조차
전에 완성시켜 놓을 수 있는 것이다.

　그리고 그 완성에 도달하기 위한 수단은, 어떤 종류의
자기 단련이다.

"아니야.「서편제」에서도 그러는데. 그렇게 노래시키는데.

약도 먹이고 여자애의 팔을 묶고 오빠는 발을 묶고 서로
도와주라 그러는데. 그래서 손발을 묶은 끈이 풀어지면
쉬어라 그러는데. 그런 시간을 견디면 자기 소리를 찾는
거야. 그걸 보여 주는 거야. 임권택 감독은.”▪

물론 검은 옷 남자의 이 말에서 보이는 도착은, 대상의
완성을 위해 대상보다 먼저 자기 완성을 추구했던 순간
이미 예견되었던 것이다. 약을 먹이고 손발을 묶는 행위는
노래와 상관이 없다. 그것은 그렇게 묶여 있는 ‘자신’과만
상관이 있다. ‘열심히’ 한다는 것은 어떤 고통을 겪어 내는
과정을 함축할 수 있다. 그러나 검은 옷 남자는 반대로
생각한다. 내가 고통을 겪어 내면, 그것이 바로 열심히 하는
것이다. 고통은 열심히의 유일한 증거가 될 뿐만 아니라,
열심히 그 자체, 즉 검은 남자의 목적 그 자체가 된다.
말하자면 노래-열심히-고통의 3항에서, 노래에 대한 집착이
열심히에 대한 집착으로, 또 열심히에 대한 집착이 고통에
대한 집착으로, 그렇게 도착적으로 점점 멀어지고 있는
것이다.

이에 대한 화자의 태도 역시 명료하다고 할 수 있다.

사실 나에게도 생각이라는 것이 있어, 어제 노래에 대해
생각했거든 검은 옷 남자의 주입 때문에 한 번은 하지 않을

   ▪ 앞의 책, 44쪽.

수가 없었던 것도 있고 그러니까 너만 생각이라는 걸 하는 게 아냐 나도 생각이라는 것을 해."

나는 게임은 꽤 잘하는데 그건 열심히 해서 된 것도 있으니까. 연습이라든가 능숙해지기 위한 시간 같은 게 필요하긴 하지. 하지만 무엇보다 그건 내가 게임을 잘할 만한 필요조건을 충족했기 때문 아닌가. 그 필요조건이라는 건 냉정하게 생각하고 고집 피우지 않는거 고집 부려야 할 순간도 있겠지만 매일 주장할 수는 없는 거라는 거지 그 외에도 많지만 그 필요조건이 뭔지를 일일이 이야기하는 건 복잡하니 놔두고 여하튼 그렇다. 뭔가를 잘하게 되는 데 필요한 건 열심히가 아니라고 그게 남들이 보기엔 열심히로 보여도 당사자에겐 아니라니까 열심히가 아냐 무작정이 아니란 말이야 좀 더 구체적으로 지목할 수 있는 항목이 당사자와 함께 달려 나가는 거에 가깝다니까.""

그러니까 "열심히 하는 것"은 이 소설에서 어떤 위치를 차지하는가. 그것은 실상 "하지 않는 것"과 같다. 뭔가를 하거나, 하려고 하는 것이 아니라, 뭔가를 하는, 하려고 하는 자신에게만 관심이 있는 것이다. 그 자신에게 관심을 기울이느라 정작 실제로 그것을 할 시간은 없다. 할 수도 없게 되는 거고. "좀 더 구체적으로 지목할 수 있는 항목"을

■ 앞의 책, 52쪽.
■■ 앞의 책, 53쪽.

보지 못하게 되는 것이다. 이렇듯 "열심히의 세계"를
지배하는 어떤 무능력은 다음과 같은 장면에서 선명하게
나타난다.

> "마이크를 대도 아무 노래도 못 부르지? 열심히 해도
> 지금 노래 하나 못 부르지? 나는 열심히 안 했는데도 니가
> 「칠갑산」 부르라면 불렀지? 아무거나 불렀지? 준비한
> 것처럼 바로 불렀잖아. 너는 좋은 노래가 뭔지도 모르면서
> 열심히 하라고만 하지? 애초에 그런 것은 없는데. 열심히도
> 열정도 아름다운 것도 없는데 그건 그냥 없는데. 본 적도
> 없는데."■

그러니까, '열심히 하는 것'의 직접적인 반대항은 '하는
것'이다. 전자에 대해 후자의 우위가 있다. 기본적으로
그렇다. 그러나 한다고 해서 모두 잘하게 되는 것은
아니다. 대신 잘하게 되려면 '열심히'와 같은 추상적이고
정념적인 것이 아니라, 차가운 머리와 분석적인 접근이
필요하다. 어떤 "필요조건"들을 충족시켜야 하는 것이다.
이 필요조건의 충족은 우선은 방법론적인 이야기처럼
보이지만, 이 방법론의 객관적 측면을 중요시한다는 건
또한 뭔가를 하려고 하는(그렇지만 늘 잘되지는 않는) 나
자신에 대한 정념적 집착으로부터 멀어지는 수단인 것처럼

　　　　■ 앞의 책, 59쪽.

보이기도 한다. 아무튼 무엇이 되었든 그것은 우선 해야만
할 수 있는 것이다.

시

「나무 인간을 만난 영화 애호가의 일생」

그가 처음 나무 인간을 만난 건 중국의 어느 호텔
방에서
그가 혼자 있을 때였다
그다음은 한강의 공원 잔디밭에서였고
그다음은 남자들이 주먹다짐을 하는 술집 문 앞이었다
그다음은 자취방의 침대 위
그다음은 롯데 백화점 4층 남성 의류 코너에서였고
그다음은 이니스프리에서
그다음은 자취방의 침대 위
그다음은 자취방의 침대 위

그다음은 영화 「쥐잡이」를 보고 난 후 영화관 밖에서

그는 그것을 기억하는데, 왜냐면,

나무 인간이 "이 영화 정말 좋지 않아요? 아이가 감아

놓은 흰 커튼이 혼자 스르륵 풀리는 장면에서 나도

모르게

잎사귀를 떨어뜨렸어요." 하고 말을 걸어왔기 때문이고

그다음은 서울숲 근처의 아파트 단지에서

그다음은 담양 시내

그다음은 시골에 있는 작은 박물관 후문 으슥한

곳이었고

그다음은 석류나무 옆

그다음은 친구 집의 안락한 자주색 소파에서

그다음은 자취방의 침대 위

그다음은 자취방의 침대 위…… 그것이

마지막이었다; 나무 인간이 떠난 뒤로 그가 처음 한

일은

나무 인간을 생각하며 자취방의 침대 위에 누워

있기였고

그다음은 의자에 앉아 있기

그다음은 물 마시기

그다음은 영화 「성냥공장 소녀」를 보고 감상문 쓰기

그다음은 창문 쳐다보기

그다음은 나무 인간 생각하기

그다음은 돌멩이 줍기

……

그다음은 자신의 자주색 소파 위에서 물 마시기

그다음은 자신의 자주색 소파 위에서 물 마시기

그다음은 자신의 자주색 소파 위에서 물 마시기

였다

시

「영화 애호가를 만난 나무 인간의 일생」

나무 인간은 늘 어질러진 방을 정리하려고 한다
방을 정리하려면 고요와 체념과 적막과 평화가
필요하다
나무 인간은 머리에 망을 두르고 두건을 쓰고 베이지색
고무장갑을 끼고 방 구석의 벌집을 옮긴다
나무 인간에게는 언제나 해야 할 일이 있다 붕붕
나무 인간은 붕붕거리는 소리를 듣는다; 뭔가를 해야
한다면 해야 한다 해야 한다면 한다
그릇이 쌓였어 설거지가 밀렸어 바닥을 닦아야지
나무 인간이 정리해야 할 물건들이 얼마나 많을까?

나무 인간의 잎사귀들만큼이나 많다 나무 인간의
생각들
벌집을 지어 주지 않으면 벌들이 내 가지에 집을 지을
거야
나무 인간은 다람쥐가 무섭고 햇볕이 무섭고
나무 인간은 자전거가 무섭고 소리가 무섭고
나무 인간에게는 고요와 체념과 적막과 평화가
필요했지만
어느 날에는 시끄러운 영화를 보기도 했다
나무 인간은 한 소음에서 다른 소음으로밖에 도망칠 수
없었다
나무 인간의 방바닥에 빨래들이 널브러져 있었다
나무 인간은 생각했다: "나는 바구니 달린 자전거를
타고 진흙길을 지나온 거야"
벌들은 집을 짓는다 나무 인간은 집을 짓고 싶지 않다
붕붕거리는 소리가 들린다 하지만 이제 더 새로운
가지가 자라나는 일은 없을 것, 이라고 막연히 짐작하며
나무 인간은 비누와 수세미를 잠들 듯이 집어 들었다

작별
인사

「영화에 대한 것은 아닌」은 이번 글로 끝이 난다. 이 글은 에필로그 같은 것인데 2회 연속으로 시를 올려 놓은 바람에 이제는 누가 이 글을 읽으려나 싶다……. 2회 연속 시 업로드는 심했던 것 같기도 하다. 2018년 5월 23일 블로그 일기에는 이런 내용이 있다. "그리고 영화나 문학 비평글 올려서 구독 낚시 해 놓고 주구장창 일기만 올리는 것도 미안하다……." 그런데 이제는 일기를 올려서 낚시를 한 다음에 시를 올리고 말았으니 아마 나의 도덕적 상황은 더 나빠진 것 같다. 총체적으로 그렇다. '영화에 대한 것은 아닌'이란 제목은 왠지 이 글이 영화에 대한 것일 수도 있겠다고 생각하게 만든다. 하지만 이 글은 정말 영화에 대한 것이 아니고 그러니까 끝까지 어떤 반전도 없었다는 것만이 이 연재물이 가진 반전이며, 영화 자체가 일종의 맥거핀으로 작용했다는 점만이 이 연재물에서 유일하게 영화에 대한 것이다. 이제 와서 하는 말이지만 다음에 기회가 된다면 정말로 영화에 대한 무언가를 써 보고 싶기도 하다…….

그럼 무엇에 대한 것이었는지? 이 글은 소개 글에 적힌 대로 내가 블로그에 썼던 글들 중 특정한 영화 제목이나 영화라는 단어가 들어간 글들을 골라 모은 것이다. 물론 일기라고 말하면 그것이 사실이기에 더 할 말은 없지만…… 나는 어딘가 투고했던 글에서 그것이 "언제나 글쓰기에 대한 것과 관련이 있"다고 쓴 적이 있다. 조금 더 개인적으로 생각해 보면 이렇다. 기획 단계에서부터 아주 의식적으로 생각했던 것은 아니지만, 이 연재를 하면서 나는 내가 이 연재를 통해 블로그를 하던 시기의 나와 일종의 작별을 고하고 싶었다는 점을 알게 되었다. 그러한 시도는 성공적이었을까? 지금 특별히 나이가 많은 것은 아니지만, 지금보다 어렸을 때의 나는 고집이 세고 기타 등등이었다. 지금은 아니라고 생각하는데, 나의 지인들은 과거의 언행들 때문에 나를 아직도 고집이 센 사람으로 생각한다. 내가 스스로 생각하기에 지금의 나는 고집이라는 것 자체가 없는 사람이다……. 그래서 얼마 되지 않은 과거의 내가 가졌던 고집을 생각하면 어떤 이상한 감정이 든다.

원래는 다음 주를 마지막 회차로 생각하고 있었고 거기에 올리고 싶은 글이 있었다. 그 글은 내가 평론으로 등단하고 나서 개인적으로 블로그에 짧게 연재했던 글의 마지막 회차이기도 하다. ~신인 평론가의 좌충우돌 투고 일기(등단 후 청탁이 오지 않은 경우)~라는 제목의 그 글은 신인 평론가로서 어떤 다짐에 대한 것이고 일부는 그 다짐의 실천이기도 했는데 나로서는 어쨌든 사연과 의미가 있는 글이었기에 「영화에 대한 것은 아닌」의 마지막 회차로 사용해 보는 것도 좋다고 생각했었다. 그런데 그렇게 생각만 하고 있다가 실제로 읽으니 고작 4년 전의 글인데도 도저히 다른 누군가에게 보여 줄 수 있는 글이 아니었다.(정말이지 "과거는 낯선 나라"가 맞았던 것인데 나로서는 절대 가고 싶지 않은 그런 나라이기도 했다…….) 그렇지만 물론 이런저런 생각이 들었다. 그 글에서 나는 평론가로서의 삶보다 훨씬 중요한 나의 실존적 삶에 대한 특별할 것 없는 몇몇 주제를 얘기하며, 의도적으로 몇몇 잡지의 이름을 노출시키고 있다. 그리고 내 글이 인터넷에서 서치로 발견되는 평범한 공적 지식의 일부가 되기를 원하고 있으며, 또 한 권의 책을 하나의 단위로 사유해야 한다는 것, 그리고 그 모든 일들을 하기에는 일단 시를 쓰느라 바빠서 중단이 일어날 수밖에 없다는 것, 등등을 말한다.

하지만 당시에 공적 지식이 되기를 원했던 그 글을
나는 어떤 시기에 이미 비공개처리 했으며, 혹여나
나중에 그 글을 어떤 방식으로 공개한다 하더라도(절대 안
하겠지만) 잡지 이름은 익명 처리를 할 것이고, 사실 그때
평론가의 의무라고 생각했던 거의 모든 것들을 포기한
상태이기도 하다. 말하자면 나는 더 이상 다 같이 힘내서
잘해 보자, 라고 생각하지 않는다. 나는 그런 생각을
포기했다. 그리고 시, 나는 지금 당장은 시를 쓰고 있지
않지만 하반기에는 모든 글을 제쳐 두고 시를 쓸 생각이고
거기에 무슨 의미가 있을지 아직도 모르겠다. 그동안
내가 뭘 했는지도 모르겠다. 아무튼 나는 어떻게 되어
기고 있는 것일까? 평론에 대해 말하자면, 어쩌면 아직도
전부 포기하지는 못한 것일지도 모르겠다. 이센스의
가사를 빌리면 이 모든 상황들에 대해 "어느 날엔 다
이해돼도 어느 날엔 심히 역겨움을 느"▪끼게 되는 것인데,
그럴 때(이센스에게 또 한 번 감탄한 뒤에, 아니 그렇다, 사실
나는⋯⋯) 평론가로서의 나에 대해 생각하게 된다. 나는
나 자신에게도 마찬가지로 느끼게 되는 그런 역겨움을,
손쉽게 아무 문제가 없는 것으로 승인하지 않으려고
노력하는 만큼이나, 완전히 제거해 버리거나 외면하지는
않으려고 노력한다.

버지니아 울프도 한 편지에서 그러한 역겨움에 대해

   ▪ 이센스, 「RADAR」(feat, 김심야.)

썼다. 그녀의 말에 따르면 "커피 끓이는 기구나, 난로나, 차
테이블을 둘러싸고 점잖게 앉아 있는 빌어먹을 사람들"[*]에
대해…… 그러나 그녀의 글은 결국 그 찻잔이 놓인 테이블을
둘러싼 세계에 대한 것이다. 왜냐하면 그 역겨움이야말로
우리의 세계이기 때문이다. 글쓰기에 대한 것이라면,
글쓰기의 한 제도로서 문학은 바로 그러한 세계에서 사는
법을, 혹은 오히려 그것을 우리의 세계로 받아들이는
방법에 대한 것이라는 생각은 여전히 변하지 않았다. 다만
그것이 무슨 소용일지에 대해서 더 많이 생각하게 되기는
했다. 무슨 소용이 있을까?

　　대개 나는 끔찍하거나 끔찍하게 멍청한 생각들만을
하고 그래서 내 생각을 아무에게도 말하고 싶지 않다.
나는 내 생각을 말하려고 이 글을 쓴 게 아니라, 어떻게든
내 생각을 말하지 않으려고 이것을 쓴 것이다. 이 연재를
유심히 읽은 사람이 있다면 알 것이다. 그러나 누구도
남의 일기를 유심히 읽을 리는 없으므로 나는 내 생각을
말하고 싶어서 이 글을 쓴 것처럼 보일 것이다. 그 점에
대해서는 어쩔 수 없다고 생각한다. 어쨌든 나는 어떻게든
내가 생각하는 것을 쓰지 않으려고 노력하고, 가능하다면
생각 자체를 하지 않으려고 노력한다. 생각이란 것은 내가
겪는 온갖 종류의 괴로움 중 압도적으로 대부분의 원인을
차지하기 때문이다. 나는 괴롭고 싶지 않고 다만 평화롭게

[*] 나이젤 니콜슨, 안인희 옮김, 『버지니아 울프 —
시대를 앞서간 불온한 매력』(푸른숲, 2006), 143쪽.

지내고 싶을 뿐이다. 하지만 다 소용없다. 어떻게 하면
생각을 하지 않을 수 있을까, 언제나 그 생각뿐이지만.
그래서 더 그럴 것이다. 예컨대 나는 매일매일 이를테면
「문단에 대한 것은 아닌」과 같은 글을 쓰지 않기 위해
노력한다. 왜냐하면 그것은 확실히 100퍼센트 문단에 대한
것이 될 것이기 때문이다. 정말이지 신만이 아실 것이다.
언젠가 두 명의 친구와 함께 있던 벤치에서 나는 마침내
내가 왜 그토록 문단에 대해 생각할 때 혹은 문예지에 실린
어떤 글들을 읽을 때 괴로움을 느끼는지 알아냈다고 말한
적이 있다. 마침내, 하지만 그만두자…….

그렇다. 그것들이 다 무슨 소용인지 알 수 없다. 어쨌든
4년 전의 나는 이렇게 쓰고 있다. "우리는 우리의 작업에만
신경을 쓰면 됩니다." 사실 그것이 도대체 무슨 결과를
가져올지에 대해 생각하지만 않는다면 무엇이 되었든
계속할 수 있다. 나는 정말이지 생각하지 않으려고 한다.
생각하지 않는 동안 내가 절대로 보고 싶지 않은 무언가를
과거의 내가 쓸 것이다. 내가 모르는 다른 나라에서. 내가
위에서 인용했던 과거에 대한 문장은 정지돈의 글에서
발견한 것이다. 정지돈은 이렇게 썼다. "과거는 낯선
나라다……."■ 낯선 나라에서, 마르그리트 뒤라스는 이렇게
썼다. "작가는 낯선 땅이다."■■ 내게 「영화에 대한 것은
아닌」은 낯선 나라의 낯선 땅에 대한 글이다. 뒤라스는 위의

■ 정지돈, 『당신을 위한 것이나 당신의 것은
아닌』(문학동네, 2021), 54쪽.
■■ 마르그리트 뒤라스, 윤진 옮김, 『물질적 삶』(민음사,
2019), 84쪽.

문장 바로 뒤에 단 한 문장을 덧붙이며 글을 마친다. 그 문장은 이렇다. "이제 당신은 전부 다 안다."■

문장 바로 뒤에 단 한 문장을 덧붙이며 글을 마친다. 그 문장은 이렇다. "이제 당신은 전부 다 안다."■

■ 앞의 책, 84쪽.

네이버
블로그
챌린지
2부

네이버 블로그 챌린지…… 나도 해야겠다. 사실 어젯밤에 5월 1일치 일기를 써서 업로드하려다가 실패했다. 쓰다가 너무 길어지기도 했고 이런 걸 올릴 수는 없겠다는 생각도 들고 그랬기 때문이다. 그래서 어제 일기 쓰기에 실패하고 잠자리에 누워서 이 챌린지를 성공할 수 있는 방법을 생각해 본 결과, 다음과 같은 규칙을 정할 수 있었다. 1. 일기를 쓰는 시간은 40분을 넘기지 않는다. 2. 이후 10분 동안 검토하고 아무튼 이때까지 쓴 것을 올린다. 3. 거기에 추가로 만약을 대비한 여유 시간을 10분 배정하고 결론적으로 일기를 쓰기 시작한 후부터 업로드하기까지의 시간이 총 1시간을 넘지 않도록 하는 것이 내 계획이다. 꼭 1시간을 채울 필요는 없고, 그 전에 다 썼다 싶으면 그냥 끝내도 된다. 일기의 주제는, 물론 당연히 나의 일상이지만…… 어느 정도 평소에 생각하던 이런저런 주제들에 대한 간단한 생각도 적기로 한다. 왜냐면 그런

쓸데없는 생각들을 주절주절 쓰는 일을 너무 안 했다는
생각이 문득 들어서이다. 침묵은 금이지만, 사람이 또
금으로만 사는 것은 아니다⋯⋯. 나는 일관성을 추구하지
않는 게 낫다고 생각한다.

　　일관성. 여럿이서 한 팀으로 모여서 뭔가를 한다고 했을
때, 나는 기본적으로 내 입장을 말하되 그것을 고수하지는
않으려고 한다. 내가 생각하는 협업이란 입장을 포기하기,
내 입장이 아닌 다른 입장을 그냥 떠맡기이다. 그렇게
생각하지 않으면 아무튼 어떤 회의도 끝나지가 않는다.
누군가는 양보 혹은 포기를 해야 한다. 대충 이런 식이다.
누구나 열린 마음으로 회의에 참석하고, 정말 정말 최소한의
것만 아니라면 다른 사람들의 말을 적극 반영하리라는
생각으로 모인다. 하지만 그 회의는 결코 끝나지 않는데,
왜냐하면 결국 부딪히는 것은 서로가 가진 그 정말 정말
최소한의 것이기 때문이다. 그걸 포기할 수 있어야 한다⋯⋯.
그리고 포기하고 나면, 사실 어찌되었든 크게 중요한 일은
아니었구나 포기할 수도 있는 일이었구나 하는 생각이
든다. 인생이란 어떻게든 돌아가기 마련이기 때문이다.
잘못된 방식으로도 잘 돌아간다. 잘 생각을 해 보면 혼자
내린 결정 중에서도 말도 안 되는 일들이 많다. 그냥 내
생각이 아닌 대로 돌아가게 놔두고, 그게 내 생각이었다는
식으로 생각하는 게 낫다. 나중에 일이 잘 안 되더라도

'그러니까 내가 그렇게 하지 말자고 했잖아……!'라고
생각하지만 않으면 된다. 아니 생각은 해도 되는데, 그렇게
말하지만 않으면 된다. 그건 의리 없는 행동이고 책임 없는
행동이다……. 이런 게 싫으면 뭐가 되었든 같이 하지 말고
혼자 하면 되는 일인 것 같다. 그렇다고 아무 의견도 내지
말아야 한다는 건 아니다. 대화의 시간이 있고, 결정의
시간이 있고, 이 둘은 다르다는 것이다.

　　요즘에는 틈만 나면 「앙투라지」라는 미드를 봤는데,
어제 완결까지 다 봤다. 이 드라마를 볼 때 나는 그냥
재미있다 정도가 아니라 거의 행복에 가까운 감정을
느꼈다. 「앙투라지」가 신기한 것 중 하나는 남자 네 명이
할리우드에서 지내며 겪는 일들을 그린 드라마, 라고
전체적인 포맷을 소개하면 절대 재미있을 수가 없을 것
같은데 실제로 보면 너무 재밌다는 점이다. 내가 좋아할
만한 코드들을 많이 갖고 있는 드라마다. 그중 하나는
어처구니없는 해피엔딩이다. 해피엔딩일 거라면 나는
이런 식이 낫다고 생각한다. 그냥 마지막에 마법처럼
일이 잘 풀리고, 잘 풀릴 거라고 믿고 있던 일들이 실제로
그냥 그렇게 잘 풀리는 것이다. 그런 방식의 해피엔딩은
쓸데없이 감정을 소모하게 만들지도 않고, 일종의
반성성의 표현이기도 하다. 그런 해피엔딩은 '왜, 이거 그냥
드라마인데……'라고 말하는 것이고, 억지로 말이 되게

만들려는(이게 드라마임을 잠깐이라도 잊게 만들려는) 다른
모든 방법들보다 차라리 낫다는 생각도 든다. 그런 의미에서
주인공인 빈스는 어떤 의미에서는 이 드라마 자체이기도
하다. 그는 뭐든지 잘될 거라고 믿고, 실제로 운도 잘 따르고
이런저런 이유들로 결국 다 잘되는 편이다. 그로부터 빈스
특유의 여유가 나오는데, 물론 이 여유는 빈스가 (극 중에서)
가진 매력의 핵심이지만 어느 정도는 '극적'인 것이기도
하다. 그가 곤경에 처한 다른 사람에게 모든 게 잘될 거라고
침착하고 확신있게 얘기할 때, 사실 거기에는 아무 근거도
없다. 이 확신의 유일한 출처는 빈스가 그렇게 확신한다는
사실뿐이다. 하지만 그것은 어쨌든 확신이라 많은 경우
상대방을 안심시키는 데에 성공힌다. 사실 정말 충분히
발달한 정신승리는 승리와 구분되지 않는다……. 아무튼
빈스 말고도 등장하는 모든 캐릭터가 매력적이고, 다들 너무
귀엽다. 또 보고 싶다. 시즌 8 완결 후 4년쯤 뒤 극장판이
나왔는데, 이걸 보면 정말 완결인 것 같아서 아직은 볼
엄두가 나지 않는다…….

일기 챌린지 2일차…… 어제 했던 얘기를 좀 이어서 해 보자. 대화의 시간이 있고 결정의 시간이 있다. 대화의 시간이 너무 짧아도 곤란하겠지만, 그렇다고 해서 길게 대화할수록 더 나은 결정을 내릴 수 있는 것은 아니다. 사실 우리가 감당해야 하는 건 이 두 시간의 이질성이다. 이들은 결코 매끄러운 인과적 관계로 봉합되지 않고, 물과 기름처럼 섞이지 않은 채 서로를 대체할 수 있을 뿐이다. 물과 기름이라니……. 시간 제한을 걸어 놓고 쓰다 보니 이런 비유가 나온다. 아무튼 그래서 여기에는 필연적으로 어떤 단락이 있고, 그것은 우리를 어색하게 만든다. 사실 이 두 시간은 서로를 무의미한 것으로 정립한다. 우리가 영원히 대화를 나눌 수 있다면, 결정 같은 것은 필요하지 않을 것이다. 반대로 결정을 내리고 나면, 혹은 언제든 내려야 할 결정이 정해져 있다면, 대화란 것은 다소 제자리를 찾지 못하는 것처럼 보일 것이다. 어색함은 들여다볼수록 무관해 보이는 이 두 시간이 아무렇지 않다는 듯 교체되며 서로를 대체한다는 사실에 대한 자각에서 온다. 그런데 한편으로 이 어색한 단락은 우리의 책임이 정초될 수 있는 유일한 공간이기도 하다. 이 두 시간의 연속성은 그것이 연속된 것인양 행동하는 주체로부터만 생성되고 유지될 수 있다.

오늘 아침에는 일어나자마자 집 앞 카페에 가서 커피를 사 왔고, 스콘을 사 왔다.(스콘은 퍽퍽하기만 하고 맛이 없었다…….) 그것들을 사러 다녀오는 길에 나는 이 주제에 대해서 생각하다가 칸트의 유명한 글인 「계몽이란 무엇인가」를 떠올렸다. 사실 이 글을 제대로 읽어 본 적은 없고, 고등학교 때 논술 공부를 하면서 처음 접했던 게 기억에 남아 있었고 그 후로는 몇 번 정도 인용을 통해 마주쳤을 뿐이다. 아무튼 이 글에는 누구나 쉽사리 받아들이기는 힘든 어떤 생각이 있는데, 이성의 공적 사용과 사적 사용에 대한 구분이 그것이다. 내가 기억하기로 칸트는 불합리한 명령을 받은 장교의 예를 드는데, 칸트에 따르면 그가 이 불합리한 명령에 대한 책을 쓰고 의견을 발표하는 것은 이성의 공적 사용으로, 이러한 자유는 최대한도로 보장되어야 한다. 하지만 이 장교가 직접 그 이성의 판단에 따라 명령을 거역하는 것은 이성의 사적 사용으로 반드시 옳은 것은 아니며 때에 따라 제한될 수 있다. 이런 주장은 사회 질서와 안정성을 우선시하는

보수적인 견해처럼 보일 수 있으며, 심지어 이성에 따라
살아야 한다는 칸트 자신의 테제와도 모순되는 것처럼
보이기도 한다. 아마 어느 정도는 그렇기도 할 것이지만,
내가 생각하기에 꼭 그런 것만은 아니다. 책을 출판하고
의견을 표명하는 것은 어디까지나 대화의 형식들이다.
이성의 공적 사용이란 이 무한한 대화의 시간에 속해 있는
것이다. 반면 이성의 사적 사용, 실질적인 행동과 결정은
그것과 전혀 다른 시간에 속해 있다. 이성의 사적 사용이
전적으로 정당화될 수 없는 이유는 바로 이 단절 때문이다.
하지만 정당화되지 않는다는 말이 곧 불가능하다는 뜻은
아니다. 이 단절의 윤리학적 요점은 우리가 무언가를
결정하고 행동할 때, 거기에는 어떤 보증도 있을 수 없다는
것이다. 그것은 무한한 대화의 시간으로부터 단절되어
있기에, 그 시간에 속한 충만함을 가져올 수도 없다. 진정한
윤리적 행동이 언제나 위법적 내지는 범법적이라는 말은
이런 의미에서 이해되어야 한다. 그것은 정당화되지 않으며,
이 정당화되지 않음은 윤리적 행동을 가능하게 하는 바로
그 조건이다. 그리고 우리는 우리의 어떤 결정 이전에
이루어진 모든 대화의 시간에서 떨어져 나온 채로 오로지
그 결정만을 책임질 수 있어야 한다.

　　　하지만 나는 이제 윤리 얘기를 별로 좋아하지 않는다.
이런 것들은 그저 내 생활의 지침을 위해 간간이 생각하는

정도이고, 아마도 내가 작년과 올해 쓴 글 중에 윤리라는 단어가 사용된 경우는 없지 않았나 싶다. 의식적으로 뚜렷하게 생각한 것은 아니기에 사용되었을 수도 있다……. 하지만 사용되었든 사용되지 않았든 그게 큰 의미가 있는 것은 아니다. 쓰지 못할 단어도 아니고. 아무튼 그냥 그런 생각을 했다. 「앙투라지」 얘기도 이어서 좀 덧붙여 놓고 싶다. '앙투라지'라는 단어는 할리우드의 유명 스타들 주변에 몰려다니는 변변찮은 친구들을 가리키는 말이라고 한다. 그들은 보통 친구의 유명세와 부에 기생한다는 좋지 않은 인상을 가지고 있는데, 그것이 이 드라마의 제목인 것이다. 즉 유명한 영화 배우인 빈스는 주인공이지만 그런 의미에서 주인공이 아니기두 하다. 어제 일기에서 말했듯이 빈스는 이 드라마에 포함된 드라마 자체이고, 주인공들은 빈스의 친구들, 절대 유명 배우가 되지 못하는 에릭, 조니 드라마, 터틀이다. 물론 빈스와 친구들을 사랑하는 아리 골드까지…… 그러니까 이 드라마는 실패자들, 별 볼 일 없는 이들에 대한 드라마이고, 그들은 계속해서 실패해도 되는데, 왜냐하면 그들의 친구인 빈스가 엄청난 부자이고 친구들에게 도움을 주는 것에 아무 거리낌이 없기 때문이다. 이런 설정은 일반적으로는 잘 나타나지 않는 실패의 독특한 양상을 가능하게 한다. 말하자면 그 모든 실패들에도 불구하고 그들은 여전히 부유하며, 유쾌하다.

사실 그 많은 농담들이 아니라면 이 드라마는 만들어질 필요도 없었을 것이다. 아무튼 역설적으로 이 실패는 순수하게 정신적이고 개인적인 차원에서만 다뤄진다. 이러한 측면은 당연히 어떤 관점에서는 이 드라마의 한계이지만, 꼭 부정적인 것만은 아니고, 내게는 어느 정도는 흥미로운 것이기도 하다.

오늘은 컨디션이 좋지가 않다. 머리도 아프고…… 이 일기 쓰고 나서 두통약을 좀 먹어야겠다. 해야 할 일들도 좀 있고, 뭔가 아직도 제대로 하지를 못하고 있는 느낌이다. 뭘? 뭐라고 딱히 말하기는 어렵지만 그냥 뭔가 전체적으로 그렇다……. 네이버페이 1만 6000원도 좋지만 사실 진짜 돈이 필요하다. 물론 네이버페이도 진짜 돈이지만, 양적인 측면에서……. 아무 실마리도 없다. 어제는 『뭔가 유치하지만 매우 자연스러운』을 읽었는데, 캐서린 맨스필드의 아마도 단편 선집인 것 같다. 첫 두 단편이 애매하다는 느낌이었는데 뒤로 갈수록 좋았다. 그의 글쓰기 자체가 내게는 매력적으로 다가왔다. 한 문장 한 문장이, 뭔가를 묘사하고 대화를 뿌려 놓고 산만해지고 갑자기 끝나는 방식들이. 데이빗 린치의 명상록도 읽었는데 나도 뭔가 명상이 필요하다고 생각했다. 린치의 영화도 좀 챙겨서 보고 싶다고 생각했고, 또…… 그저께인가 햇살이 너무

좋아서 갑자기 정말 우리에게 필요한 건 광합성이다,
우리가 진짜 배워야 하는 것, 그건 햇빛으로부터 힘을 얻는
것이다 생각했는데 왜냐면 햇빛은 우리가 접할 수 있는 것
중 드물게 거의 공짜에 가까운 것이고, 또 어느 정도 실제로
힘을 주기도 하는 것처럼 보이기 때문이다. 과학적으로도
어느 정도 뒷받침되는 이야기이고, 그러니까 뭔가 힘을
내기 위해 돈을 쓰기 어려운 사람들은 고상해서가 아니라
그게 삶에 필수적이기 때문에 햇빛으로부터 힘을 얻는
방법을 익혀야 하고, 어느 정도는 비로부터도 그렇게 할
수 있어야 하고, 말하자면 식물에 가까워져야 한다……고
생각했다. 또 그러면서 날씨란 얼마나 중요한가, 학대라는
것의 범위가 점점 더 넓어지고 있는 지금 추세로 보아
미래에는 아마 지구상에서 사계절이 뚜렷하게 나타나는
위도에서 아이를 키우는 것이 학대로 여겨질 수도 있을
것 같고 그래야 한다고 생각을 했다. 지나친 겨울과
지나친 여름은 인간에게 해롭고 한국에는 그게 둘 다
있다. 솔직히 말해 지구에 사람이 너무 많은 것은 사실인
듯하고 비폭력적인 방식으로 점차 줄여 나가서 모든 인류가
사시사철 따뜻한 지역에서 거주하고, 한국 같은 곳은
겨울에 스키나 타러 오는 곳이 되었으면 좋겠다.
　　그렇게 되면 정말 많은 게 좋아질 텐데…… 하지만
됐다. 일단은 있는 햇빛부터 활용할 방법을 찾는 게

중요하다. 오늘은 진정성에 대한 생각도 했다. 나는
사람들이 이 개념을 왜 그렇게 흥미로워하는지 모르겠다.
그러니까 진정성이라는 것을 싫어하는 사람들이든,
좋아하는 사람이든……. 개인적으로 나는 진정성이라는
것을 내용과 형식의 일치라는 관점에서 본다. 만약 누가
만 원을 훔쳐간 것을 들켜서 사과를 했는데, 그가 만 원을
돌려주지 않는다면 그 사과에는 진정성이 없는 것처럼 보일
것이다……. 왜냐면 미안하다는 말과 돈을 여전히 돌려주지
않는 행동이 서로 일치하지 않기 때문이다. 이런 점에서
진정성이란 진심과는 다르다. 비록 만 원을 돌려주지
않는다고 해도, 미안하다는 마음 자체는 여전히 진심일 수
있다. 진심으로 미안하기는 한데, 돈을 돌려주기는 아까운
것이다. 그는 진심으로 절실하게 돈을 돌려주지 않고 그의
미안하다는 마음이 진심이라는 것을 증명하고 싶어할
수도 있다. 물론 그런 방법은 없지만, 요점은 우리가 흔히
말하듯, 진심은 표현되지 않을 수 있다는 것이다. 표현되지
않을 수 있기에 사실상 모든 것이 진심일 수 있고, 아마
그 모든 것이 진심인 것이 맞을 것이다. 하지만 진정성에
있어서 중요한 건 오직 표현뿐이다. 그런 의미에서 예술
작품에 대해 논할 때 진정성이라는 말은 단순히 완성도라는
말과 구분되지 않는다. 내용과 형식의 일치는 예술의 가장
핵심적이고 간명한 특성 중 하나이다. 물론 형식의 파괴나

붕괴나 그런 것들을 얘기할 수 있지만 그것들은 어차피 다 크게 보면 일치의 형식들 중 하나에 불과하다. 내가 생각하기에는 진심과 진정성을 혼동하는 데에서 이런저런 문제들이 발생하는 것 아닌가 싶다. "네 작품은 완성도는 높지만 진정성이 부족해!" 같은 말은 내가 보기에는 완전히 말이 되지 않는다. 어쨌든 이런 말을 하는 사람들이 원하는 것, 찾고자 하는 것은 '겉으로는 표현되지 않는 무언가'이다. 나는 그런 것은 믿지 않는다. 일기를 다 쓰고 나니까 두통이 조금 사라진 것 같은데, 해야 할 일이 하나 더 있다. 그 일을 잘 끝내고, 또…… 이번 주는 이런저런 일로 좀 바쁠 것 같다.

일기 챌린지가 끝나다니…… 하지만 완전히 끝난 건
아닌지도 모른다. 14일을 어쨌든 지속하면 집단 소송을
통한 구제 가능성이 있다고……. 오늘은 컨디션이 너무 안
좋고 일이 있어서 더 자세히 쓸 수가 없다. 내일 이어서 쓸
수 있을 것 같다. 한국은 다 좋은데 징벌적 손해배상 제도가
없어서 문제다. 이 제도의 도입은 한국을 정말 살 만한
선진국으로 만들 수 있을 텐데, 내일, 내일…… 오늘은 병원
갔다 교육봉사 했다 다시 병원 갔다가, 그런 게 전부다.

오늘 하루도 너무 정신없고 바빠서 일기 쓸 시간도
없었다. 12시 지나기 전에 써야 하니 지금 간단히
쓰지만…… PPT 만든 사람은 지옥에 갔으면 좋겠다. 이걸
왜 해야 하는지 모르겠는 일들만 너무 많고, 나는 그냥
도라에몽이나 되어서 PPT 배경에 흐릿하고 멍청하게
존재하기만 하고 싶다……. 일기 챌린지를 어쨌든 계속
하고 있는 셈인데, 아마 네이버에서 그렇게 뒤통수를 치고
이벤트 철회 시도(일 뿐 아직 성공하지는 않았다고 여전히
생각하는 중이다.)를 하지만 않았더라면 조금 더 신경 써서
일부러라도 시간을 냈겠지만 그런 식으로 나온 뒤에야
나도 매번 정성을 들이기는 힘들다. 물론 일부러 정성을
안 들이려고 하는 것은 아니고 어제와 오늘은 정말 어쩌다
보니 일기를 쓸 시간 자체가 너무 부족해서 이렇게 된
것이고 내일은 정상화된 일기를 쓸 수 있으면 좋겠다고
생각한다. 이렇게까지 챌린지를 이어 가려고 하는 이유는

물론 돈 때문만은 아니다. 아니, 당연히 돈 때문이지만,
뭐랄까…… 어떤 일들은 그렇고 어떤 일들은 그렇지 않을
테지만 지금 생각하기로는 이렇다. 그러니까 이유라는 건
뭔가를 하지 않으려고 할 때 필요한 것이다. 뭔가를 하는
데에는 큰 이유가 필요하지 않고 사실 이유가 거의 혹은
전혀 없을 수도 있다. 글을 쓰는 사람한테 왜 이런저런
종류의 글을 쓰냐고 물어보면 이런저런 이유들을 열심히
떠올려 보고 짜맞춰 보지만 잘 맞아떨어지지가 않고
제대로 설명이 거의 불가능하다는 것을 알게 된다. 글을
쓰지 않는 사람에게는 항상 완벽한 이유들이 있다. 그
이유들은 아무리 사소한 것이라도 언제나 맞아 떨어진다.
아무튼 그렇나. 일기 챌린시를 계속 하는 이유는, 그러니까
이것을 그만둘 이유를 딱히 찾지 못해서이기도 하다. 물론
네이버의 이벤트 철회 시도 내지는 선언 그런 것은 이
챌린지를 그만둘 이유가 전혀 되지 못한다. 왜냐면 나는
우선 그런 일이 있었다는 사실이나 혹은 네이버가 정말
그런 일을 저질렀다는 사실을 믿지도 않고 열심히 믿으려고
해 봐도 믿기지도 않기 때문이다. 그리고 그걸 믿지 않는
데에 무슨 엄청난 큰 비용이 드는 것도 아니다……. 그럼
도대체 뭐하러 믿겠는가? 오히려 그걸 믿고 나면 나는 1만
6000원을 날린 셈이 되는데…….

일기 챌린지가 취소된 대신 재정비를 거쳐 5월 24일에
챌린지를 다시 시작한다고 한다. 그냥 내 인생이 그렇다…….
3일차가 끝난 뒤 이틀은 공교롭게도 너무 바빠서 뭔가
제대로 생각도 결정도 내릴 수 없었다. 그러니 일단은 그냥
일기 챌린지를 계속 하고 있을 수밖에 없었던 것도 있는데,
이렇게 된 것이다. 나는 벌써 5일차를 완료하고 6일차
일기를 쓰고 있으므로 그만두기에는 이제 늦었다. 하지만
14일 챌린지를 다 하고 나면 27일에 다시 시작되는 진짜
일기 챌린지에 참여할 힘은 없을 것이다. 지금 그만둔다
해도 마찬가지다. 시작이 반이기 때문에 나는 이미 내가
가진 힘의 반 이상을 쏟아부어 버렸고, 24일까지 회복될
도리는 없는 것이다. 그냥 이게 전부다. 나는 아무 의미
없는 챌린지를 끝까지 하고 아무것도 얻지 못할 것이다.
안타깝지만 어찌할 방법이 없다.

어떤 일들에 대해서는 그냥 도리가 없다. 뭔가를 설명하려고 하더라도 너무 너무 너무 처음부터 시작해야 해서 절대로 그럴 수가 없다. 모든 것이 잘못되어 있기 때문에 그렇다. 그럴 때는 어떤 한 결정이 옳은 것이라고 말하기도 어렵다. 나는 그렇게 생각한다. 오늘 저녁에는 왜인지 모르겠지만 기분이 괜찮고 정신이 좀 맑은데 그렇다고 뭔가 일기 쓸 거리는 많이 없는 것 같다. 띄어쓰기 얘기나 잠깐 할까……. 합성어와 관련된 것인데, 예를 들면 이렇다. '마을버스'를 띄어 쓰는가 붙여 쓰는가? 답은 붙여 쓴다이다. 합성어로 보는 것인데, 이것을 합성어로 보는 이유는 '마을＋버스'로는 설명되지 않는 새로운 뜻이 추가되었다고 여겨지기 때문이다. 마을버스가 꼭 마을만을 도는 것은 아니고 그보다는 특정한 종류의 버스를 가리키기 때문인 것이다. 이렇게 일반적 통사 구조에서 벗어나지 않는 결합임에도 불구하고 합성어로 묶어서 표기하게 하는 것에는 크게 두 기준이 있다. 1. 특정한 결합이 관용적으로 너무 많이 쓰여서 한 단어처럼 쓰이는 경우. 예) 첫사랑. 2. 특정한 결합이 그 두 단어의 결합만으로는 설명할 수 없는 새로운 뜻을 갖게 되는 경우. 예) 마을버스. 물론 기억에 의존한 것이라 정확하지는 않다. 어쨌든 대강 이런 것으로 기억한다.

좋다. 학부 1학년 때 문법 교수님은 이 규정을

설명하면서 통사적 합성어는 사실상 합성어가 아니라고 말했었다. 그때는 그게 무슨 말인지 이해가 가지 않았었는데, 지금은 완전히 이해가 간다. 이를 설명하려면 다시 합성어가 크게 통사적 합성어와 비통사적 합성어로 나뉜다는 것을 말해야 한다. 통사적 합성어란 마을버스와 첫사랑처럼 일반적인 문장에서 결합될 수 있는 단어들로 이루어진 합성어를 말한다. 비통사적 합성어란 일반적 문장에서 쓰이지 않는 결합 구조를 갖는 합성어다. 덮밥이 그 대표적인 예이다. 덮다와 밥이 합성될 때 문장에서는 '덮은 밥'처럼 연결어미가 들어가야 하는데, 덮밥에서는 연결어미 없이 곧바로 동사 어간과 명사가 결합하기 때문에 이를 비통사적 합성어라고 보는 것이다. 확실히 이것을 합성어로 분석하고 규정하는 데에는 거의 아무 문제가 없다. 덮밥이란 애초에 그냥 있는(사용되는) 단어이고, 이에 대해 어떤 혼란도 애초에 있기 힘들기 때문이다. 왜냐하면, 일상적 문장에서 나타나는 일이 없으니까!

하지만 통사적 합성어의 경우는 다르다. 예컨대 첫 용돈, 첫 이사, 첫 만남은 띄어쓰지만 첫사랑은 붙여 써야 한다. 왜? 첫사랑은 합성어이기 때문에. 왜? 그렇게 많이 쓰여서 굳어진 것으로 보기 때문에. 누가 결정했는데? 언중, 언어적 관습이……. 그리고 그것은 그냥 국립국어원에서 판단한다. 더 어이없는 건 일단 첫사랑이 합성어가 되고

나면 '첫 사랑'처럼 띄어쓰는 것은 맞춤법에 어긋나는 것이
된다는 점이다. 즉 첫과 사랑은 문장 속에서 평범하게
결합할 수 있는 가능성이 삭제되는 것이다! 사실 결합한
뒤에 새로운 뜻이 생기는 경우는 진짜 그나마 이해를
할 여지가 있다. 예컨대 큰집과 큰 집을 구분함으로써
'집안의 맏이가 사는 집'과 '크기가 거대한 집'을 의미상
구분할 수 있다는 효용이 있는 것이다. 이마저도 솔직히
꼭 필요한 것인지 모르겠다. 영어의 경우에는 정확하지는
않지만 대부분 그냥 띄어 쓰는 것으로 알고 있는데, 그냥
미국식으로 하는 것이 경제성 부분에서 훨씬 나은 것 같다.
아무튼 문제는 그러한 변명조차 통하지 않는 경우, 그러니까
자주 사용되어 굳어졌으므로 한 단어로 보는 경우이다.
이때는 '큰집'과 '큰 집'처럼 혼용할 수 있는 것도 아니고,
띄어 쓰는 용법 자체가 삭제되고 틀린 것으로만 간주된다.
도대체 이런 짓을 왜 하는 것일까? 백번 천 번 양보해서
첫사랑과 같은 합성어를 인정한다 하더라도, '첫 사랑'이라는
용법을 금지하는 것은 명백한 월권 행위이자 광기라고밖에
설명할 수가 없다. 도대체 어떤 단어가 존재한다고 해서
그와 같은 구조를 지닌 관형사와 명사의 결합을 못하게
한다는 것은 누구 머리에서 나온 생각이란 말인가? '너
몇 번이야?'는 되지만 '그날이 몇 일이지?'는 안 된다. 왜?
'며칠'이라는 단어가 존재하기 때문이다! 물론 며칠은

몇과 일의 합성어가 애초부터 아니긴 할 텐데(국어사적인 애기이다.) 중요한 건 대체 단어가 있다고 관형사와 명사의 결합을 금지한다는 그 발상 자체이다. 대체 누구 맘대로 그런 짓을 한단 말인가? 사실 이 문제의 심각성을 깨닫게 된 것은 최근에 '그 다음'이라는 용법이 틀렸고 '그다음'으로만 써야 한다는 것을 알게 되었기 때문이다. 진짜 진짜 진짜 말이 안 된다. 이렇게 어영부영 '관습'이라는 정체 모를 것을 기준으로 합성어를 지정하고 또 그걸 가지고 일상적인 결합을 금지해 버리니, 도대체 이렇게 비경제적인 방법이 또 있을 수 있나 싶은 정도이다. 원칙적으로도 맞지가 않고, 실질적으로도 지극히 비효율적이며, 이해조차 불가능하다. 짜장면과 자장면 이런 건 그냥 웃고 넘어가면 되는 문제다. 하지만 이건, 정말이지. 그다음이라니……

이렇게 매일 일기를 쓰려니 뭔가, 모르겠다……. 12시 전에 써야 한다는 제약이 있어서 그런가, 내가 이렇게 바빴나 원래 일기를 자주 안 썼던 건 내가 정말 그만큼 바빠서 그랬었나 하는 알 듯 모를 듯한 생각이 든다. 오늘도 딱히 게으름을 피운 것 같지도 않은데, 일 하나 끝내고 저녁 먹고(점심은 먹지도 못했다.) 방 청소하고 다른 일 아주 조금 하다 보니 벌써 11시가 넘었다. 이러다 일기 못 쓰고 하루가 넘어가겠다 싶어 먼저 일기를 쓰는데…… 내일은 8시 반에 일어나야 하는데 오늘 몇 시에 잘 수 있을지 모르겠다. 월요일까지는 어쩔 수가 없다. 그런데 정작 내가 뭘 하는지는 모르겠다. 어제는 잠깐 맞춤법 얘기 한다고 해 놓고 흥분해서 그 얘기만 줄창하다 시간이 되어서 그냥 끝내 버렸는데, 음. 모르겠다 요즘에는 진짜 뇌에 무슨 이상이 생긴 건가 싶기도 하고 왜 간단한 것도 제대로 못하지 싶기도 하고, 아…… 요즘 내가 생각하는 게 있나. 뭘 생각하는 게 있나, 생각을 해 보면…… 그런 게 딱히 없는 것 같다. 그냥 제대로 살아야 된다 잘 살아야 된다 이런 정도인 것 같다. 시…… 시 생각도 조금 하는데, 시는 정말 그렇다. 시라는 것에 원하는 바가 사람들마다 정말 너무 달라서 도대체 이걸 어떻게 해야 할지도 모르겠고 그래서 사실 누구한테 말을 꺼내는 것도 힘들다. 사람들은 시가 뭐라고 생각하고, 시에서 무엇을 원하는 걸까? 그리고 왜 그렇게 된 걸까? 다른 예술 분야의 사람들, 인문학자들까지 포함해서, 그들이 그래도 소설은 곧잘 읽지만 시에 대해서는 거의 모른다는 사실 그리고 관심도 없다는 사실은 무엇을 의미하는가? 아주 예전에 본 건데 지젝도 시를 신뢰하지 않는다고 했었고, 서정시라고 했었는지 시라고 했었는지 정확히 기억이 나지는 않지만…… 그렇네 나중에 언젠가 이런 걸 가지고도 글을 써 볼 수가 있겠다. 언젠가 나중에…….

아 맞다 일기…… 일단 오늘로 절반을 넘겼다. 쓸 시간이
30분밖에 없어서 빨리 써야 한다. 뭘 쓸까…… 글쓰기와
노화. 뭔가 육체적으로는 순발력이 떨어질 시기가 되었고,
글쓰기는 비교적 나이를 덜 타는 분야인 것 같지만
개인적으로는 조금 불안한 느낌은 있다. 사실 글쓰기의
경우에는 워낙 나이 들어 뛰어난 작품을 남긴 예들이
많기 때문에 크게 걱정이 되는 건 아니지만…… 글쓰기가
늘지 않는다는 느낌이 더해지면 사실 약간 답답하긴
하다. 뭐냐면, 왜 나는 글을 빨리 쓰지 못할까? 나는 글을
빨리 쓰지 못하는데, 특히 논리적인 글의 경우에……
써 놓고 나면 아주 간명하고 이렇게밖에 될 수 없는
문장의 진행인데, 그리고 이것이 내가 뭔가 쓰고자 했던
그것이구나 하는 느낌이 드는데 왜 그것들이 머릿속에서
착착 연결되어서 바로 나오는 것이 아니라 쓰고 순서를
바꾸고 문장을 추가하고 수정하고 해야 겨우 그 모습이

되는 걸까? 개인적으로는 이 과정이 물론 즐거움이기도 하지만 몹시 힘들다. 그리고 이 과정을 축약하는 능력이 과연 길러지고 있는 것인지 의심이 된다. 노하우가 조금씩 쌓이기는 하지만…… 가령 생각이 너무 얽혀 있어서, 사실 생각이라기보다 다루고자 하는 개념이나 사태 자체가 이미 얽혀 있어서, 그것을 분리하는 과정이 쉽지가 않다. A, B, C를 차례로 설명할 수 있다면 그게 가장 좋지만 A를 설명할 때 B와 C가 필요하고 B를 설명할 때 A와 C가 필요하고 C를 설명할 때 A와 B가 필요해서. 하지만 구조는 나눠져야 하고, 나눠져야 하지만 꼭 분명히 나눠지는 것만은 아니어서 글을 쓸 때 가장 고생하는 것 중 하나는 내가 A에 대한 것이라고 생각하고 뭔가를 썼는데, 이제 B를 쓰려고 하니 도저히 써지지가 않는다. 알고 보니 A에 있던 어떤 부분들은 B에 와야 맞는 것이고, B에 썼던 부분은 A 혹은 C에 들어가야 적절하고, 또 어떤 문장은 C에 나와야 하기 때문에 아직 B에 쓰면 안 되는데 그걸 빼면 논리가 성립이 안 되니까 우회로를 찾아야 하고, 우회로 같은 것은 없어 보이고, 뭐 이런 경우다……. 하지만 결국 마치고 나면 아 대강 이런 식의 구조였던 게 맞았군 하고 생각하게 되는데, 그러면 왜 처음부터 그 생각을 하지 못했을까? 언제까지 이렇게 진흙탕에서 뒹굴어야만 하나……. 그리고 난이도가 쉬운 글은 좀 빠르게 쓸 수 있으면 좋겠는데, 그렇지도 않고,

이러니 내 머리가 잘 돌아가지 않는 것 같고 왜 머리가
안 돌아갈까 생각하다 보면 예전엔 공부의 부족에 대해
생각했지만 이제는 그것과 함께 나이도 생각하게 되고……
뭐 그런 것 같다.

　　어제는 왜 사람들이 시를 별로 읽지 않을까에 대해
짧게 썼는데, 이어서 생각하자면 이렇다. 따지고 보면 나도
시가 쓰이거나 읽히는 문화에 대해 문제의식이 전혀 없는
것은 아니다. 사람인데, 불만이 전혀 없는 게 더 이상한
일이다. 그것에 대해 굳이 글을 잘 쓰려고 하지 않는 이유는
여러 가지가 있는데 그중에는 이런 이유도 있다. 많이
단순화시켜서 말하면, 나는 뭔가 문제가 있다면 사람들도
그것을 알고 있으리라 생각한다. 그러니 내기 굳이 무슨
말을 덧붙이는 게 무슨 의미일까 싶다. 사람들은 문제가
없어서가 아니라 문제가 있든 없든 그게 좋으니 그것을
하는 것이다. 그게 아니라면, 그것은 그것대로 안타까운
일이지만, 나는 사람들이 알았어야 한다고 생각한다.
그것은 누가 알려 주고 말고 할 문제가 어쩌면 아니고,
또 나는 내가 뭔가를 더 알고 있고 그것을 알려 준다는
식의 글을 쓰는 것에(심지어 사람들이 그런 걸 좋아한다는
것도 알지만) 거부감이 있다. 어떤 측면에서는 심보의
문제다. 나는 사람들이 원하는 어떤 것을 주고 싶지 않다는
생각이 있다. 나는 그것을 주지 않을 것이다……. 왜냐면

그런 것은 어차피 내가 아니어도 어디서나 얻을 수 있는
것이고, 항상 얻을 수 있는 것이며, 얻고 있는 것이고……
이것은 어느 정도 꼰대적인 생각이다. 내일 일기는 꼰대에
대해 써야겠다. 나는 예전에「호구의 윤리」라는 미완의
글을 이 블로그에 올린 적이 있다. 지금은 비공개지만……
아무튼 그때는 호구에 관심이 많았고, 요즘이라고 하기엔
뭐 하지만 비교적 최근까지는 꼰대에 대해 생각을 했던
것 같다. 결론만 말하면 이런 것이다. 예전에는 생각하지
못했던 것, 호구만으로는 충분하지가 않다는 것이다. 우리는
호구이면서 동시에 꼰대가 되어야 한다. 왜? 여기에도
여러 이유가 있지만 우선은 이런 것이 있다. 뭐냐면, 요즘
사람들이 절대 되고 싶지 않은 것 두 가지를 꼽자면 바로
호구와 꼰대일 것이라는 사실이다. 나는 이것만으로도
충분히 좋은 이유가 된다고 생각한다. 그리고 동시에, 라는
것이 매우 중요하다. 그 이유는, 말하자면……

아 오늘은 진짜 안 되겠다 날로 먹을 수밖에……라고
하고 3일째인 것 같긴 한데, 모르겠다……. 오늘은 더
노골적으로…… 하지만 생각해 보면 일기를 꼭 길게 써야
하는 것도 아니고……. 오늘은 햇볕이 아주 따뜻했다.
귀찮지만 해야 하는 일을 조금 진척시켰고, 또 잡다한
일들이 많다. 집을 가꾸고 만들고 등등…… 책 읽은 지
오래된 것 같고, 영화 본 지는 더 오래된 것 같고, 글 쓴
지는 더 더 더욱 오래된 것 같고, 이렇게 흘려보내서는 안
된다. 정신을 차리고, 다시 공장을 돌려야지. 맨날. 그것만
중요하다고 하면서 정작, 이러면 안 된다. 정신을 차리자.
맞네 『고다르×고다르』 읽었는데 재밌었다. 고다르와의
인터뷰를 담은 여러 편의 글이 있는데 한 편을 다 읽고
다음 편을 읽으면 말을 반대로 하고 있다. 비디오에는 전혀
관심 없고 영화와 관련 없는 거라고 했다가, 다음 편에는
비디오가 좋다고 하고, 혁명적인 것만이 영화라고 하다가,

다음 장에선 그런 말이 너무 남용되어 차라리 미학에 대해
얘기하고 싶다고 한다. 전반부에 인상적인 한 편의 글이
있었는데, 그 글의 필자는 고다르를 영화사적으로 매우
중요한 인물이라고 인정하고 당시의 그의 정치적 행보에
대해 찬성하지 않지만, 그의 초기 영화들의 미학에 굳건한
지지를 보내고 있었고 그가 지금 하는 짓이 이상하긴
하지만 뭔가 자신이 보지 못하는 것이 있을 수도 있다고
생각하고 있었다. 그리고 그 모든 것과 별개로 고다르가
훌륭한 감독이라 하더라도 그의 말은 별로 신뢰할 필요가
없다고, 그것들이 영감을 주고 어떤 면에서는 진실하지만
결국 헛소리에 불과하다는 것을 알고 있었고, 하지만
그렇게 말하면 고다르가 화를 낼 것이고 굳이 고다르를
화나게 만들지 않더라도 그가 헛소리를 하고 있다는 사실이
변하는 것은 아니므로, 적당히 적당히 받아 주면서 나중에
고다르가 어떻게 될까 잘되었으면 좋겠네, 확신할 수는
없겠지만, 이라고 생각하는 사람의 글이 있었다. 그 글이
좋았고……

오늘은 한 끼만 먹었다. 저녁에 김밥이랑 라면. 오랜만에
친구랑 한 시간 정도 얘기할 예정…….

아니 월요일까지면 바쁜 거 끝날 줄 알았는데 오늘까지
해야 겨우 끝날 것 같다. 일종의 잡무인데 생각보다 시간이
너무 많이 걸린다. 영어와 관련된 거라 더 그런 것 같다.
원통해서 내일부터는 진짜 영어 공부 바로 시작해야겠다.
낑낑대고 있는데 그저 눈물만 난다. 다 나 잘되라고 이런
시련도 오는 거겠거니 생각하고 말아야지. 나도 영어
공부 도전기 같은 거 찍어서 유튜브에 올리고 성공 신화
후원으로 미국 여행도 가 보고 이러면 좋겠다. 그리고
그걸로 에세이를 써야지. 제목은 미국에서 길을 잃은
한국인⋯⋯. 이 제목은 이상하다. 왜냐면 한국인이 미국에서
길을 잃는 건 너무 당연해 보이기 때문이다. 뭐지? 미국에서
한국인이 길을 잃었는데 뭐 어쩌라는 거야?라는 생각에
어이가 없어서 조롱거리로 사람들의 입에 오르내리다
어영부영 베스트셀러가 되는 것이 목표다. 이렇게 하루가
가는 것이 어처구니없기도 하고 다행스럽기도 하고,

하지만 한편으로는 일을 구해야 하는데, 얼마 전에 보낸 지원 문자는 답장이 없다. 나도 모르겠다. 그래도 시간이 가겠지…….

챌린지 3일 남은 거 실화인가? 도대체 이게 뭔가 싶기도 하지만…… 지금 25분 딱 남았고 그 안에 업로드까지 해야 한다. 오늘은 친구와 스트레스에 대한 얘기를 했는데…… 이런 것 같다. 나는 원래부터 스트레스 많이 받는 사람이었고, 어렸을 때부터도 항상 힘들었긴 한데. 요즘에는 진짜 좀 안 좋아 보인다고 너무 힘들어 보인다고 그래서…… 여러 이유가 있겠지만 어렸을 때는, 그러니까 대학교 막 입학하고 그랬을 때는 힘들다는 게 고등학교 때까지 힘들던 거랑은 종류도 좀 다르고, 그래서 싫고 힘들지만 거기에는 어떤 새로움 같은 것이 있었던 것 같다. 이건 처음 보는 거니까 힘들지만 어떤 면에서는 신기하기두 하고, 이걸 어떻게 잘 해결해 봐야겠다고 생각하기도 하고, 술도 많이 마시고 이런저런 것들두 해 보고. 포기도 해 보고 아 가난하면 포기도 못하는구나 이런 생각도 해 보고 뭐 그러다가…… 사실 문학을 계속하게 된

계기라고 해야 할까 아직 기억나는 일이 있다. 동아리에서 밀란 쿤데라의 『농담』으로 세미나를 하던 주였던 것 같은데, 아마 도서관에서 하루 종일 책을 읽었는데 그게 너무 좋아서 평생 이런 일을 하는 것도 나쁘지 않겠네 아니 좋겠네 이렇게 생각을 하고, 또 그것 말고는 워낙에 다른 어떤 것에서도 좋은 일이 하나도 없고 술도 마시기 싫고 그런데 자꾸 마시고 싶어서 스트레스를 받는 바람에 결국 맨날 마시게 되고 돈은 없고 돈은 벌기 싫고 아무튼 정말 재미만 있으면 좋겠다 스트레스만 안 받으면 좋겠다 생각하던 차에, 책 읽는 게 재밌고 스트레스도 없애 주고 읽고 난 뒤에 후회도 안 되고 앞으로 계속 더 해도 좋을 것 같고, 그래서 그걸 앞으로 계속 해야겠다고 생각했던 것 같다. 물론 그 결과는? 좋지 않다……. 그 뒤로 열심히 공부해서 알게 되는 건 문학은 본질적으로 사기이다……. 뭐 이런 명제 같은 것들뿐인데, 그래도…… 아니 그거랑 별개로, 아무튼 스트레스가 문제인데. 그러니까 이제는 어렸을 때처럼 힘든 게 새롭지도 않고 그냥 질려 버린 것 같다. 질렸는데 계속 힘드니까…… 나는 이게 이제 새롭지도 않고 영영 나를 떠나지도 않을 것을 알지만 그게 속이 상해. 이것과 함께 살아야 하는데, 모르겠다. 사소한 일로도 스트레스를 받고 뭔가 너무 벅차다는 느낌이 들면 내가 평소? 좋았을 때?보다 상태가 더 안 좋기는 하고 뭐랄까

나약해졌달까 아무튼 약해진 상태가 맞기는 맞는 건가
싶기도 하고 그렇다. 나의 스트레스는 집안일을 잘하고
싶은데 집안일을 잘 못하는 것. 공인인증서 관리 잘하고
싶고 뭐 그런 거, 국가에서 지원금 주는 거 있으면 그런 거
잘 타고, 무슨 양식 같은 거 맞춰서 써야 하는 것 있으면 잘
써서 내고 싶고, 그런데 그런 것들을 잘 못한다는 것, 그래서
그거 하는 데 하루가 가고 이틀이 가고 20년이 가고…….
여러 해결책이 있을 수 있는데, 모든 일에는 어떤 위계도
없다는 것을 받아들이기, 그리고 기계가 되기, 기계가 되는
과정을 두려워하거나 회피하지 않기, 생각을 너무 많이
하지 않기, 그리고 뭐 좀 일을 만들어서라도 사람들을 좀
만나는 게 어떻겠냐. 그래…… 세미나를 하거나 강의를
하거나. 친구는 예전에 자기가 너무 힘들 때 8회에 5만
원짜리 강의를 한다고 인터넷에 올려서 사람이 다섯 명이
모였는데, 25만 원도 벌고 사람도 만나고 해서 좋았다고
했다. 주 1회였으니까 두 달에 25만 원. 적은 돈이지만
돈이 중요한 건 아니고 돈이 생겨서 좋기도 했고 그 과정
자체가 좋았다고 나보고도 해 보면 어떻겠냐 그래서 좋은
생각인 것 같고 나도 한번 진지하게 생각해 본다고 말했다.
물론 나도 친구도 내가 한번 진지하게 생각해 보고 있는
것이 수만 가지는 된다는 것을 알고 있다……. 음 그래도
좋은 날이 오겠지. 나는 기분이 좋고 싶다. 왜냐면 기분이

좋으면 나도 좋고 다른 사람들도 좋으니까. 기분이 나빠서 뭐 좋을 일이 있는가? 없다. 그리고 그런 말도 했다. 내가 생각하기에 세상을 모르고 뭐 낭만적이고 그런 사람이 예술을 하는 것이 아니다. 극도로 실용주의적인 사람들만이 예술을 한다. 그들은 그러면서 자기 자신이 영리하다고 생각하는데, 하지만 속지 않는 자들이 길을 잃는 것이다. 나는 이 문구를 가장 최근에 쓴 글에서 썼고, 그 글은 아마 다음 주나 다다음 주나 되면 나올 것 같다.

어제 좀 징징대고 났더니 오늘은 좀 괜찮은 것 같다……. 바쁜 일들이 끝나서 그런 걸 수도 있다. 잘 끝나지는 않았지만. 항상 끝난 것들은 끝난 것 자체로 좋다고 생각하려고 한다. 그렇게 생각하지 않을 이유도 없으니까…… 마음도 차분하고 천천히 일기 쓸 시간도 있고 해서 지금은 좋다. 내일부터 해서 주말 동안은 책도 좀 읽을 수 있을 것 같고 뭔가 쓸 수도 있을 것 같고 그렇다. 좋은 게 좋은 거지……. 예전에 어떤 시인이 다른 누군가에게 시는 책상 앞에서 쓰고 친구들끼리 보여 주면 된다고 했었는데, 그땐 그게 말인가 싶었지만 지금 생각하니 또 그런 것 같기도 하다. 안 될 것도 없는 것 같고 문자 그대로 그렇게는 아니어도, 아무튼 뭐 이런저런 방법들이 우리에게 많다는 생각이 들게 하는 말이다 물론 원래 ㄱ 말을 했던 의도와 같지야 않겠지만…… 문학에서 독립을 얘기할 때는 대개 제도나 기존의 문학성 내지는 형식들을 떠올리곤

하는데, 나는 늘 독자로부터의 독립에 대해 생각했었다. 좀 이상한 말이긴 하다. 왜냐면 나는 독자도 없고…… 사실상 이미 독립해 있는 것이나 다름없기 때문이다……. 아무튼 그런 것에 대해 생각을 했었고 계속 생각하는 중이다. 이런 부분에 대해서는, 생각을 잘해야 한다. 잘하지 않으면 안 되기 때문에……. 「스파이더맨」도 생각이 나는데 가령 이런 말, "작은 힘에는 작은 책임이 따른다." 이때 작은 책임은 두 종류가 있다. 그것들은 각각 다른 방식으로 작용한다. 하지만 이 얘기는 나중에 언젠가 하도록 하고, 비평에 대해 간단히 얘기해 볼까 싶다. 비평 얘기라고 하기는 어려운 거 아닌가 싶긴 한데, 아무튼 어제 징징대기는 했고 사실 어떤 측면에서는 징징댈 만힌 상황이기도 힌데, 그것과 벌개로 문학을 하면서 얻은 것들도 많다. 오한기 작가가 문학은 나를 비참하게 했지만 좋은 친구들을 선물해 주었다고 했었는데 정말 그런 것 같기도 하고 그렇다면 사실 정말 소중한 것 아닌가 싶다. 무엇이 되었건 좋은 것들을 받았고 나도 어느 정도는 대가를 지불해야 한다는 생각을 한다. 그 대가란 당연히 몇 개 정도 써야 할 글들을 쓰는 것이다. 하지만 많이 쓸 필요는 없을 거라고 생각하는데, 사실 문학에서 큰 선물을 받았지만 많은 선물을 받은 것은 아니기 때문이다. 받은 만큼 돌려주고, 그러면 되는 거지……. 책임에는 한도가 있는 것이고 사실 사람들은 책임이야말로 한도가 없는 것이라고 생각하는 것 같지만, 나는 반대로 생각한다. 한도가 없으면 그것은 책임이 아니다. 그러니 책임을 묻는 사람들은 결코 책임에 관심이 없는 사람들인 경우가 많다. 하지만 그 사람들은 책임질 이유가 없다고 생각하니 그런 것일 테고, 그것을 비난할 수는 없다. 책임은 져야 한다고 생각하는 사람이 지면 되는 것이다. 그러면 글은 어떻게 써야 하는가. 이것에 대해서도 평소에 생각하던 것이 있다. 잊지 않으려고 가끔씩 다시 생각하고 그런다. 그런 생각들 중 한 가지는 시간에 쫓기지 말 것. 뭔가를 지금 말해야 한다는 생각이나, 나중이면 너무 늦다는 생각에 빠지지 않는 게 좋은 것 같다. 어떤 말을 다른 사람에게 뺏기고 싶지 않다는 생각은 별로 좋은 것 같지가 않다. 어떤 말을 하는 것이 꼭 필요하다면, 그것을 누가 하느냐는 상대적으로 부차적인 문제이다. 남이 그 말을 해 준다면 그 사람에게 고마워하면 되고 자신은 그 뒤로 다른 말을 이어 가거나 아니면 해야 하는 전혀 다른 말들을 하면 된다. 내가 그 말을 한 바로 그 사람이 되어야 한다고 생각할 이유가 없다. 그리고 또 뭐가 있었지, 뭐 준비 잘하기. 글을 쓰는 위치에 대해 생각하기. 뭐 그런 것들……. 뭐가 말을 하려고 보니 별로 영양가 있는 생각은 없는 것 같다. 음, 내일이면 일기 챌린지가 끝나다니 뭔가 시원섭섭하다. 챌린지 마치고 나면 비공개로 돌려 놓을까

그냥 둘까 쓸데없는 고민도 좀 되고, 뭐 이제 시간 되면
후기도 좀 쓰고, 24일부터 시작한다는 그 챌린지는 도저히
다시 시작할 자신이 없다. 내일 마지막 일기 챌린지에는
무슨 내용을 쓸까…… 꼰대와 호구 얘기는 막상 하려고 하니
별로 흥이 나지 않는 것 같다. 하지만 그것에 대해 쓸 수도
있다. 별로 쓸 것이 없으면.▪

▪ 이 글을 쓴 이후 출간한 산문집 『에세이의
준비』(민음사, 2024)에 꼰대와 호구에 대한 이야기가
실렸다.

결국 챌린지 성공하고 말았다…… 뭐라고 해야 할지……
중간에 고비도 있었지만, 그래도 만 6000원을 번 것이다.
그중 만 5000원은 가상 화폐지만. 비트코인? 아니…… 내가
번 돈은 현금으로 교환되지 않는 진짜 '가상 화폐'다…….
"이 가상 화폐는 절대 폭락하지 않습니다." 음…… 이게
그 전미래인가 뭔가 하는 건가 싶다. 미래에 내가 받을
것이었던 돈, 그 돈을 받은 것이다. 하지만 그 돈은 전미래
시제에 갇혀 있어서 꺼내 쓸 수가 없다. 하지만 괜찮다…….
이 돈으로 부코스키의 『글쓰기에 대하여』를 사야겠다.
정말이지 내 인생의 등불이라고 할 수 있는 책이다. 하지만
사실 그 책을 산 적은 없다. 도서관에서 빌려 읽었던
것이다…… 빌린 인생의 등불……. 빌려서는 여러 번 읽었고
다른 사람에게 선물로 사 주기도 했었지만 정작 나는 이
책이 없었다. 하지만 가상 화폐를 벌었으니 그걸로 이 책을
사야겠다. 이걸로 일기 챌린지 정산까지 깔끔하게 마칠 수

있을 것 같다.

　오늘은 일기 챌린지가 끝나는 날이기도 했고, 완전히 뜻밖인 건 아니지만 오늘 접할 거라고 생각하지는 못했던 소식들을 접한 날이기도 했다. 이건 다른 글을 써서 따로 소개를 할 예정이지만 그래도, 오한기 작가의 『인간만세』가 오늘 출간되었고 나는 뒤에 해설을 썼다……. 오한기 작가는 원래부터도 워낙 좋아하는 작가였지만, 이번에 해설을 쓰면서 다시 한번 느낀 건 정말 소설을 잘 쓰고 정말정말 지적인 작가라는 것이었다. 쓰면서 『의인법』 얘기도 조금이라도 더 다루고 싶었고, 그랬는데 분량이 너무 길어져서 눈물을 머금고 빼야 했던 부분이 많고, 언젠가 쓸 수 있을 거라고 생각하지만, 우선은 이번에 나온 『인간만세』도 너무 재밌고 좋은 소설이니 정말 많은 사람들이 읽었으면 좋겠다. 처음 원고를 받고 카페에서 읽다가 끅끅대면서 웃었던 게 기억나는데, 아무튼 책 소개를 간단히 하면 정말 걸작이고 포브스 선정 인간들이 꼭 읽어야 하는 소설 1위 선정되었으며, 알라딘에서 오는 6월에 제이지 내한 북토크를 열 예정이고(코로나로 인해 취소될 수 있음) 책을 구입한 사람들은 추첨을 통해 제이지와 북토크 무대에서 랩 배틀을 할 기회를 얻을 수 있다고 한다. 나는 영어를 잘 못해서 랩 배틀까지는 무리겠지만 관심이 있는 사람들은 랩 연습을 좀 해 가도 좋을 것 같다.

그리고 또 하나의 소식이 있었는데, 오늘 곧 출간될 시집의 실물을 받았다. 나중에 이웃공개로 따로 후기도 올리고 그럴지도 모르지만, 일단은 그렇다. 아무것도 확실한 건 없지만 아마도 인터넷에서 다음 주 정도부터는 구매가 가능할 것 같고⋯⋯ 처음에 시집 투고 메일을 보낼 때 이렇게 썼었다.

안녕하세요.
저는 강보원이라고 합니다⋯⋯.
시로 등단한 바는 없지만 일반 투고에 따로 자격 제한이 있는 것은 아닌 걸로 알고 있어 메일 보냅니다.
시 묶음 제목은 『완벽한 개업 축하 시』이고 총 편수는 50편입니다.
제가 생각하기에는 정말 좋은 시들인데요⋯⋯ 잘 읽어 주셨으면 좋겠습니다.
감사합니다!

이게 2019년 11월 4일에 보낸 메일이고, 아직 군대에 있을 때였다. 답장은 내 생각보다 훨씬 빨리 왔는데, 계약을 하기로 확정이 된 이후로도 이러저러한 사정들로 인헤 그 뒤로 벌써 햇수로 2년이 지났다. 이런저런 우여곡절이 있었지만 어쨌든 결과적으로는 다 잘되었고, 코로나

시국이고 해서 이제 제목은 조금 더 아이러니를 체현하게 된 것 같지만 뭐 그렇다……. 아무튼 누군가 이 시집을 읽는다고 생각을 해 보면 처음 투고 메일에 썼던 것과 같은 마음이 든다. 제가 생각하기에는 정말 좋은 시들인데요…… 잘 읽어 주셨으면 좋겠습니다…… 감사합니다…….

이센스와

김심야

3부

이센스와 돈:「WTFRU」

힙합이라는 것이 원래 돈과 맺는 관계가 복잡하다. 힙합은
우선 대중가요이면서 아티스트 개인의 기량이 두드러지는
순수예술의 성격도 지니고 있다. 일반적인 대중가수에게
개인의 실력이 일차적으로 큰 의미가 있지는 않다. 조금씩
결은 다르지만 BTS나 소녀시대, (소위) 김나박이, 아이유,
등등 세계적으로 유명하고 각자의 분야에서 실력으로도
최상위라고 이야기되는 아티스트들이 있지만, 그들을
평가할 때 개인의 '실력'이라는 것이 얼마나 주목받는가
하면, 글쎄…… 요컨대 거기에는 경쟁이 없다. 차트는
있지만, 차트에서 위로 올라간다는 것이 어떤 실력을
보증해 주지는 않는다. 반면 힙합은 컴피티션, 경쟁이라는
개념이 기본적으로 깔려 있다. 그리고 이것이 돈과 얽히게
되는데 이 얽힘이 힙합만의 아주 고약하고 독특한 모순이
된다. 가령 디스전을 할 때 나는 돈이 많고 너는 돈이 없지,
뭐 이런 가사가 있다면 그건 단지 돈 이야기만을 하는

것이 아니라 그만큼 내가 너보다 랩을 잘한다는 이야기다.
힙합이 대중 예술이기 때문에 이것은 호락호락한 이야기가
아니다. 예를 들어 다른 분야의 가수가 돈을 더 많이 번다고
노래를 더 잘하는 것은 아니라는 점이 상식이라는 점을
떠올려 보면 이것이 이상한 이야기라는 것도 쉽게 알 수
있다.

돈 이야기가 끝이 없다는 이센스의 가사는 적어도
힙합 신과 관련해서는 맞는 말이다. 내게 한국힙합 신
전체를 통시적으로 이야기할 역량은 없다. 다만 「Self
made orange」 같은 것을 보면, 창모에게 돈은 그냥 갑자기
벼락처럼 주어진 것이다. 성공을 향해 달려왔는데 막상
이제까지와 비교도 할 수 없는, 단위 자체를 아예 새롭게
생각해야만 하는 돈이 들어오고 나자 이제 어떻게 해야
하지, 라는 불안이 보인다. 여기까지 달려오는 데에 속도가
중요했지만 그렇다고 멈출 수도 없다.(“나는 아직 젊어”)
그것이 끊임없이 죽음을 가사 안으로 불러들인다. 그는
게임에서 지고 싶은 생각은 전혀 없다. 어찌 보면 그는
게임의 승자다. 그런데? 죽음은 게임과 무관한 바깥에 있고
이제 그것이 보인다. 반면에 슈퍼비에게 돈은 아주 명확히
어떤 증표가 된다. 컴피티션 프로그램 「쇼미더머니」를
통해 입지를 다지고 그 과정에서 성공을 거머쥔 슈퍼비는
기본적인 성향 자체가 랩을 경쟁적 게임으로 바라본다.

승리=돈이다. 그러니 "니 목걸이 난 비웃지/ 그거 안 반짝여,
짭이거든 그렇지?"이라는 말은 결국 네 실력이 가짜라는
뜻이다.

　이센스에게는 어떨까? 그는 「쇼미더머니」 이후 세대가
아니고, 그러므로 창모처럼 어마어마한 돈을 한 번에
쥐게 된 것도 아니고, 슈퍼비처럼 랩게임에서의 승리와
돈을 동일시할 수 있는 시대적 환경에서 커리어를 쌓아
온 것도 아니다. 「쇼미더머니」에 나가고 말고는 지금도
몇몇 래퍼들에게는 심각한 고민거리이지만 그래도
「쇼미더머니」는 힙합과 돈의 모순 한가운데에 자리잡은,
마냥 거부할 수 있는 어떤 것이 아니다. 복잡한 맥락이
있다. 그런데 이센스가 커리어를 쌓아 갈 때는 사정이
조금 달랐다. 메인스트림으로 간다는 것은 힙합에 대한
거의 일방적인 배신 비슷한 것이었다. 드렁큰타이거나
다이나믹듀오 같은 예외가 없었던 것은 아니지만. 어쨌든
메인스트림으로 간다는 것은 힙합의 음악적 정체성을 많이
훼손해야 한다는 것이었고, 쌈디와 함께한 슈프림팀은 그
와중에 할 수 있는 최대한을 하는 것처럼 보였고 실제로
이뤄 낸 것도 적지 않았으나 결국 모두가 알다시피 끝이
좋지 않았다.
　결국 올 블랙으로 티브이에 나가기 싫다고 했던 도끼와

자신의 입장은 다르다고 썼을 때부터 이센스에게 돈은
그저 돈일 뿐이었고, 그렇게 되기를 바랐던 것 같다. 그에게
작업은 보다 개인적이었던 것처럼 보인다. 돈은 벌었지만,
개코를 향한 디스곡에서 이센스는 그래서 자신이 그 일을
좋아했던 것 같냐고 반문한다.

　그런데 힙합이 꼭 그렇게 개인적인 장르냐고 하면
그렇지만은 않다. 낙후된 지역의 미국 흑인들에게 힙합은
다른 몇몇 장르들과 함께 성공을 위한 매우 드문 동아줄
같은 것이다. 매우 희소하지만, 그나마 흑인들에게 가까이
있는. 가족과 친구들을 먹여 살리기 위해 열심히 음악을
한다는 관념이 이미 힙합 안에 체화되어 있다. 그것이
‘본토’의 맥락이고 이센스도 어쩌면 이 맥락과 완전히
무관하지는 않다.

　어쨌든, 그럼 이제는? 우선은 힙합 신에 대한 환멸이
있다. 그리고 그 환멸의 대상 중 일부는 돈=실력(장르적
성공)이라고 말하는 이들이다. 이센스에게는 힙합과 돈을
떼어 놓고 바라보고 싶은 욕망이 있다. 그러나 그는 이미
자신이 힙합으로 돈을 벌었고, 그것이 자신의 작업적
성공(이라는 평판)과 완전히 무관할 수 없다는 사실도 너무
잘 알고 있다. 게다가 앞서 이야기했듯 애초에 힙합과 돈은
그렇게 떼어 놓을 수 있는 관계가 아니다. 그는 순수를
원하고, 우선은 불순해 보이는 게 돈인데, 막상 들여다보면

들여다볼수록 그게 아니다. 이센스의 영민한 감각은 자신과 다른 모두가 다르다고 이야기하는 것이 불가능하다는 걸 너무나도 잘 알고 있지만, 그것을 또 그냥 받아들일 수만도 없다. "어느 날엔 다 이해돼도 어느 날엔 심히 역겨움을 느"끼는 것이다. (「RADAR」)

그리고 돈은, 역설적으로 그 모든 것에서 생각을 멈추기 위한 수단, 멈추게 해 주는 거의 유일한 도구다.

"결론은 돈, 씨발 돈, 돈, 한탕 해먹고서 그냥 여길 떠/ 예술이 뭐냐고 난 몰라 아직도"(「WTFRU」)
"요새 뭐가 재밌어?/ 몰라 돈이나 더 모아 놓는 거지"(「Dance」),
"그래서 네 목푠 뭔데? 지금 와선 잘 모르겠대, 일단 돈이나 벌재/ 그래, 뭐, 딱히 틀린 말도 아니네, 돈이 최고지/ 다른 뜻 있어 한 말 아냐, 돈이 최고지"(「Down with you」)

보다시피 이센스의 돈 얘기는 거의, 어떤 목표의 상실이나 생각이 중단되는 바로 그 지점에서 등장한다. 그에게 돈은 돈이고, 돈이어야 한다. 예를 들면 딥플로우 같은 래퍼들과도 다른 게, 딥플로우는 처음부터 언더그라운드(돈 없음, 힙합) vs 메인스트림(돈 많음, 힙합 아님)의 구도를 짜고 커리어를 쌓아 왔다. 이센스에게는

애초에 그런 의식조차 없다. 힙합이라고 돈이 왜 없어야
하는데? 힙합은 힙합이고 돈은 돈이지. 그런데 그렇게 힙합
따로 돈 따로 해서 돈을 쥐고 나면, 힙합이라는 음악의
완성도 자체를 돈과 동일시하는 이들과 겉으로 구분되지가
않는다. 겉으로 구분이 안 되면 내면이라는 게 있냐? 그래서
내면을 아무리 파도 그가 발견하는 건 내면의 부재뿐이다.
말을 해 봐도 입만 아프고, 결국 자가당착이다. 그러니 그냥
돈이나 벌고 뜨고 싶을 수밖에. 근데? 또 그게 그렇게 되는
것이 아니다. (이 내용은 「이센스와 떠나가기」 편에서…….)
　　　이렇게 썼지만 그래도 힙합은 현재로서는 (비교적)
행복한 장르가 아닐까? 힙합 이야기에서 돈을 유명세로
바꾸기만 하면 현재 문학판에 거의 곧바로 대입이
가능하다고 생각한다. 그런데 문학-유명세는 돈이 안
된다. 정확히 말하자면 문학판에서 가용한 유명세는 극히
일부를 제외하면 돈을 벌 정도가 전혀 아니다. 바꿔 말하면
미치겠는 건 똑같은데 거기서 돈만 딱 없다는 것이다.
그래서 문학은 돈 없이 생각을 멈추는 기술을 비정상적인
수준까지 끌어올리는 장르다. 그러다 한계에 다다르면 이런
글을 쓰게 된다. 그냥 나, 돈…… 돈에 명예를 팔고 싶어.
근데 사 주는 사람이 없다고…… 애스턴 뱅퀴시? 나는 그게
뭔지도 몰라……. 그냥 이센스 가사에 나오니 비싼 차인가
보다 하지.

그러니까 어떻게 되나. 「WTFRU」에서 “내 목표는
어쩌면 걍 쪽 안 팔리는 거”라고 이야기를 하는데, 진짜
그것밖에 없는 것 같기도 하다. 뭐냐면, 반대로 돈이
없으니까. 근데 그걸 계속하고 있으니까, 그러면 최소한
잘하기라도 해야지. 그게 아니면 좀 너무 그렇다는
생각. 그냥 즐기면서 하면 된다……. 뭘 좀 잘해서 쪽
안 팔리겠단 생각이 문학계를 병들게 한다……. 그렇게
괴로우면 걍 그만둬 누가 협박해서 글 쓰니? 맞다. 근데
난 이런 가사가……. “알아 임마, 근데 니가 요구할 건
아니지”(「BUCKY」)

이센스와 시: 「쉬게」

"다정하지 못한 이곳, 적응이 됐네."(「기권은 없다」) 사실 뉴챔프가 이런 썰을 잘 푼다. 뉴챔프는 어떻게 보면 아무것도 아닌 이 구절에서부터 곧바로 이센스는 다르다고 말하는데, 이센스의 장점을 정확하게 짚고 있다. 뉴챔프의 말대로 더 들어갈 필요도 없이 "다정하지 못한 이곳"이라는 가사만 놓고 봐도 정말 좋다.

　　내가 고통을 받는 데 굳이 세계에 어마어마한 잘못이 있을 필요도 없는 것이다. 실제로 나를 직접적으로 둘러싼 상황 속에서는 세계 편에 그다지 잘못이 없는 경우가 더 많다. 우리는 종종 고통, 나의 감정을 정당화하기 위해 세계를 악한 것으로 정립한다. 하지만 그것이 사실일까? 뉴챔프 말대로 힙합 씬을 "좆같은 곳"이라고 한다면 그건 우선 남들도 쓰는 평이한 말이거니와, 갑작스럽게 이입하기도 어려운 수위의 감정이고, 무엇보다 현실을, 그리고 현실과 나의 관계를 제대로 재현하지 못하는 것일

공산도 크다.

정말이지 우리는 다정하지만 않더라도 상처를 받는다. 아닌 사람도 물론 있겠지만 내 경험상은 대부분 사람들이 그렇다. 인간이 대개 나약하다. 친절함이 필요하고 다정함이 필요하고, 언제나 그런 것을 기대할 수 없으니 체념하고 굳이 생각하지 않으며 사는 거지만, 그래도 그런 것 같다.

다정함은 의무도 아니고 내가 응당 받아야만 하는 것도 아니기에 다정함의 부재로 인한 상처는 단지 그 상처를 받은 사람이 나약하다는 것만을 뜻할 수도 있다. 하지만 어떻게 보면 그 나약함을 드러내는 것이 가장 중요한 일일 수도 있다. 우리에게 정당한 고통만 고통으로 느껴지는 것도 아니다. 물론 정신을 차리는 건 중요하다. 남에게 화풀이를 해서도 안 되고. 하지만 그냥 허공에서 내가 만들어 내는 그 수많은 고통들은 그럼 어떻게 할까? '좆같은 이곳'에 대해 말할 때 나는 궁극적으로는 객관적으로 존재하는 고통의 조건들에 대해 이야기하자는 것이다. 반면 "다정하지 못한 이곳"에 대해 말할 때 이 조건 없고 실체 없이 존재하는 고통, 내가 만들어 냈지만 나를 죽이는 어떤 것에 대해 이야기하려는 것이다.

비유를 할 때도 그렇다. "내 의식에 스며든 질기고 지독한 감기/ 몇 시간을 자든지 개운치 못한 아침"(「독」) 같은 구절에서 감기를 더 심한 질병, 예컨대 백혈병이나

암 같은 것으로 바꾼다고 해서 고통의 크기가 더 크게
형상화되지는 않는다. 오히려 그것으로부터 멀어진다.
감기는 일상적인 것, 일상 속에서 끊임없이 마주치는
자질구레한 괴로움들 가운데 속한다. 개운치 못한 아침도
그렇다. 인생을 힘들게 하고 결국 우리를 죽이는 건 그
자질구레한 괴로움이다. 낙숫물에 돌이 뚫리는 것처럼. 즉
자신의 즉각적이고 커다란 감정들을 치워 두었을 때에만
보이고 접근할 수 있는 영역이라는 것이 있다.

그러니까, 감정으로부터 거리 두기. 내가
좋아하는 엘리엇의 말로는 시는 감정의 표현이 아니라
감정으로부터의 도피다. 사물과 이미지의 동원은, 여러
맥락이 있지만, 우선은 이런 의미에서도 중요하다. 나의
감정이 표현되어야 하는 자리에 사물과 이미지가 들어서고
그것들은 감정의 표현을 돕는 것이 아니라 오히려 그것을
대체한다. 우리가 시에서 비유라고 부르는 건 모두 이렇게
작동하는 문장들을 가리킨다. 그것은 설명을 원활하게 하기
위해서가 아니라 설명을 거부하기 위해 쓰인 것들이다.

예컨대 "지루한 니네들을 난 계절 같이 느껴/ 지나가면
다시 오는 것들"(「everywhere」)이라는 구절은 내가 정말
좋아하는 멋진 펀치라인이지만 시적인 의미의 비유는
아니다. 내가 생각하는 비유는 그런 "지루한 니네들"에
대한 염증, 그리고 그들과 자신의 차이에 대한 생각 끝에

"말로 어찌 안 되는 거 그냥 느끼길/ 반은 도시, 반은 시골/ 내 상태는 5월의 경산, 또 새벽녘"(「everywhere」)이란 말로 벌스를 끝내는 지점에서 발생한다. 반은 도시고 반은 시골에, 5월이면 봄일까, 봄이 끝나갈 무렵일까? 새벽녘이라는 것은 또 아침도 밤도 아니다. 아주 이상하고 미묘한 지점에 있는 경산이라는 지명. 나는 푸른빛에 잠긴 큰 건물들이 어색하게 듬성듬성 서 있고 주변은 휑한 어떤 공간을 떠올리게 되는데, 그것이 무엇을 의미하는 건지 아무도 끝까지 해명할 수가 없다. 이미지라는 것이 원래 그렇다. 그것은 침묵한다. 이미지가 침묵하는 한에서만 그것은 비유가 된다.

혹은 완전히 그렇지는 않더라도, 침묵이 훨씬 더 클 때, 다른 어떤 것을 끊임없이 불러들일 때. 「쉬게」는 2020년에 발매된 EP 앨범 「Marigold Tapes」을 통해 정식으로 공개되었는데, 오랫동안 팬들의 라이브 녹음 음원으로만 떠돌아다녔고 사람들이 제발 정식 발매 좀 해 달라고 아우성치던 노래기도 했다. 나도 이 노래를 열심히 들었는데 음질 상태가 정말 좋지 않아서 대부분의 가사를 알아들을 수가 없었다. 그런데도 사람들을 끌어들이는 무엇인가가 있었다.

「쉬게」는 사는 것, 일이 잘 되어 가는 것을 그냥 굴러간다고 표현하는데, 그것을 바퀴와 연결시키고 다른 차선에 세워 둔 차의 깜빡이 이미지에서 벌스가 끝난다.
사는 것―굴러가는 것―바퀴―차. 이것이 대단한 연상은
아닐 수 있겠지만 그 전개의 속도가 마른 섶에 불붙듯해서,
이미지는 청자의 예상보다 반발짝은 빨리 도착해 있다.
그러니까 그 이미지는 나를 습격했다. 후미등의 깜빡이는
노란 불빛. 이 불빛은 이 가사가 전달하는 의미, '나는
규격에 갇히지 않고 쉬어 가며 간다'라는 이 의미를 정말
쉽게 넘어선다. 이 불빛은 소진되지 않는다. 적어도 내게는
그랬다.

이센스는 이런 가사들을 정말 쉽게 쓴다. 첫
믹스테이프를 냈던 20대 초반 시절부터 그런 식의 방법론이
몸에 배어 있다. 힙합 가사들을 보면 심심찮게 '시'라는 말이
등장한다. 시적 라임이라고 하는데, 내가 생각하기에는
좋은 가사라고 해서 반드시 시적인 것은 아니고 그렇게
말할 필요도 없다. 나는 뭐, 당연히…… 시적이라는 말을
좀 구체적이고 한정된 의미로 일단 써 보자고 생각하는
편이니까. 그런 관점에서 시의 방법론을 활용해 가사를
쓰는 래퍼는 이센스가 거의 유일하다고 생각한다.

이센스와 괴로움:「그대로 있어도 돼」

—— 22.10.17

엊그제 어떤 어린 친구가 나는 스물세 살 때 뭘 하고
있었냐고 물었는데…… 그냥 지나가는 말로 물은 거라서
그때는 문학에 관심을 갖기 전이라고 이야기하고 말았지만
집에 돌아오면서 이런저런 생각을 했다. 나는 괴로우면
하지 말라는 식의 이야기를 별로 신뢰하지 않는다. 문학이
즐거운 것이어야 하는 이유도 딱히 모르겠다. 나는 시를
쓰는 게 엄청 즐겁고 막 그런 타입은 아니다. 일상도 대체로
힘겨워하는 편이다. 의식적으로 그러지 않으려고 노력하는
중이라 차차 나아지고 있기는 한데, 그래도 참. 쉽지가 않다.
문학 자체도 내게 괴로움을 많이 준다. 어느 때는 글이 안
써져서, 어느 때는 열심히 해도 돌아오는 게 없는 것 같아서,
어느 때는 아무리 열심히 해도 내가 어느 정도 이상은 절대
못할 것 같아서, 등등. 그리고 돈이 없어서, 일을 해야 해서,
참 이상한 생각인데 내가 돈이 없고 일을 해야 하는 것도
왠지 문학 탓인 것처럼 느껴질 때가 있다. 일은 문학 안

하는 사람들도 다 하는데? 문학을 하지 않았으면 나는 일을
하지 않았을까?

　어쨌든 나는 괴로움을 중립적인 것으로 보려고 하는
편이다. 괴로움은 괴로움이지 그 자체로 좋거나 나쁜
것이라고 생각하지 않는다. 견딜 수 없을 정도의 괴로움은
곤란하겠지만. 그리고 사실 문제는 괴로움이라는 게 견딜
수 없다는 느낌 자체라는 것이겠지만. 그런데도 이런
생각은 든다.

　스물세 살 때 나는 정말 울분에 차 있었고 세상이
원망스러웠고 견딜 수가 없다고 느꼈다. 거의 돈
때문이었다. 어렸을 때는 가난을 모르고 살았다. 가난하지
않았던 게 아니라 말 그대로 가난을 모르고 살았다. 매일
같은 옷을 입고 같은 신발을 신고 같은 가방을 메고
1년이고 2년이고 다니면서도 가난하다고 생각을 별로 안
했다. 고등학교 때 용돈이 한 달에 4만 원. 물론 더 받아
썼지만…… 우리 집 교육이 그랬다. 엄마는 물질적 가치보다
중요한 것이 있다는 것, 그래서 사실은 물질적 가치들이
그에 비하면 정말 아무것도 아니라는 걸 나와 동생에게
거의 완벽하게 납득시켰다. 우리가 보기에 엄마가 이미
그렇게 살고 있는 것 같았고, 그러니까 우리는 엄마가 주눅
든 모습을 거의 본 적이 없다. 늘 얼마 벌지 않아도 살고
싶은 대로 사는 것이 중요하다고 말했다. 엄마가 당당하고

괜찮아 보이니, 내 옷이 몇 벌 되지 않아도 전혀 신경 쓰지 않는 것처럼 보였으니 나도 신경 쓰지 않았다. 꾸미는 것 자체가 관심 밖이었다. 할 수 없는 게 아니라 별로 하고 싶지 않다고 생각했다. 싫은 것도 아니고 그냥 관심이 없는. 뭔가 중요한 것은 따로 있다. 그게 뭔지 명확히 아는 건 아니지만. 그때는 그냥 그런 생각을 하며 살았다. 아무튼 그건 삶의 의미랑 관련이 있겠지, 정도의 생각이었다.

그게 딱 고등학교 때까지였다. 대학에 와서는 모든 게 달라졌다. 돈 얘기는 끝이 없으니 그냥 안 하는 게 나을 것 같다. 문제는 의미도 없었다는 것이다. 고등학교 다닐 때까지는 대학에 가서 뭔가 하고 싶은 걸 해야겠다고 생각했고 삶의 의미 같은 것도 좀 찾아보려고 했는데, 막상 아무것도 찾을 수가 없었다. 뭘 찾아야 하는지 어떻게 찾아야 하는지 찾는다는 게 뭔지도 알 수가 없었다. 그냥 밤에 길가다 아파트 창문의 불빛들을 보면 화가 나고. "어렸던 나의 눈엔 너무 비싸 보인/ 행복은 그 여자 손목에서 빛나던 Christian Dior"(「그대로 있어도 돼」) 같은 구절이 와닿는 건 내가 무슨 명품에 관심이 있었기 때문이 아니라, 그냥 행복을 찾아야겠다고 생각을 했었는데 그게 그냥 남들이 말하던 대로 (나에겐 주어져 있지 않던) 물질적인 것들이었구나. 그렇게 납득할 수밖에 없었던 기억 때문이다. 왜냐면 다른 방법을 전혀 모르겠으니까. 게임을 줄창

했는데 그렇게 한다고 기분이 좋은 것도 아니고, 결국엔 질렸다. 오죽하면 같이 월세방 전전하던 친구가 우울한 이야기 좀 그만 하라고, 내 말을 듣고 있으면 자기까지 우울증 걸릴 것 같다고 그러기까지 했다.

그러다가 어쩌다 문학 동아리에 들어가게 되었다. 어느 날은 세미나에 가기 위해 아침에 도서관에 가서 책을 읽고 해가 질 때쯤 나오는데, 뭔가 행복하고 이거면 되겠다는 생각이 들었다. 문학을 오래 해도 이 느낌은 사라지지 않겠구나 싶기도 했다.(근데 사실 사라짐.) 그래서 이걸 계속 해야겠다고 생각했다. 아마 그때 책이 밀란 쿤데라의 『농담』이었던 것 같다. 진짜 어쩔 줄 모르겠는 괴로움을 그때쯤부터 조금씩 어떻게든 처리할 수 있게 되었다. 문학을 처음 읽을 때는, 예컨대 『난장이가 쏘아올린 작은 공』이 다루는 것 같은, 계급적 차이를 가로지르는 슬픔이나 괴로움을 받아들이기 힘들었다. 내가 가진 괴로움을 강탈당하는 것처럼 느껴졌다. 슬픔도 똑같이 나눠 가져야 한다고? 나는 가진 게 이것뿐인데. 그런데 결국 그 동질성을 받아들이지 않으면 살아갈 수 없다는 사실을 받아들였다.

물론 문학이 고약한 게, 이 장르는 정말이지. 사기 원툴이다. 괴로움을 없애 주는 척하다가 결국엔 다른 괴로움을 준다. 그런데도 엊그제 친구와 이야기를 할 때 요즘은 어떠냐고 물어서 뭐 요즘 괜찮고 딱히 힘든 건

없다고 대답을 했다. 음…… 지금도 나는 스트레스를 굉장히
많이 받는 편이고 매사에 힘들어하는 편이다. 그런데 내가
뭐 억지로 거짓말을 한 것이 아니고, 그냥 그렇게 생각을
한다. 시를 쓰기 시작할 때쯤에 이영광 시인에게 내가
시를 계속 써도 되겠냐고 물었더니, 계속 쓰고 안 쓰고는
나한테 달린 일이지만 문학이라는 게 워낙에 힘들어서
누구한테 선뜻 계속 해 보라고 이야기하기가 어렵다고
대답을 했었다. 그때는 계속 해 보라는 말을 해 주지
않아서 서운했지만 지금은 너무 공감이 되는 게, 정말
문학 어쩌고 하면서 사는 게 쉽지가 않다. 어렸을 때 나는
워낙에 똑똑하게 굴지 않으면 참을 수가 없어서, 전혀
좋지 않고 힘든 것뿐인데 그래도 괜찮고 좋다는 말 정도도
받아들일 수가 없었다. 그러니까 행복하려면 행복해야만
하고, 행복하지 않으면 행복한 게 아니라고만 생각했다.
요즘에는 모든 게 망했지만 그래도 나는 행복한 편이라고
생각을 한다. 두뇌 풀가동 해서…… 집중해서 의식적으로
해야만 하지만……. 오한기 작가는 "소설은/ 늘 나를
비참하게 했지만/ 대신 좋은 친구들을 선물해 주었다."고
『의인법』(현대문학, 2015)「작가의 말」에 썼는데, 나도
그렇다고 생각한다. 비참하긴 비참한데…… 도대체 문학을
어디다 써먹냐고 하는 말이 맞긴 맞다. 그래도 나처럼
너무 멍청해서 이 정도 생각을 하는 것이 그렇게도 힘든

사람에게는 문학이 조금은 도움이 될 수도 있다고 생각을
한다. (……그런데 오늘은 또 왜 이렇게 힘들지? 왜…… 왜 이렇게
힘든 거야…….)

사람에게는 문학이 조금은 도움이 될 수도 있다고 생각을
한다. (……그런데 오늘은 또 왜 이렇게 힘들지? 왜…… 왜 이렇게
힘든 거야…….)

이센스와 멜론 1위: 「10.18.14」

그 유명한 '멜론 1위' 라인은 아마도 『에넥도트』 최고의
킬링 벌스가 아니었을까 싶다. 나도 그런 생각이 자주 든다.
내가 이센스에게서 유독 빠져나오기 힘든 이유, 그리고 꼭
나뿐만 아니더라도 이센스의 가사를 두고 뭔가 리얼하고
진지하고 깊다고 이야기하는 경우가 많은데, 그런 말들도
이런 태도와 연결이 되어 있다. 그러니까, 문화예술계에
대한 분노…… 보리스 그로이스는 리얼리즘이란 원래부터
작가들이 자신이 속한 문화 예술계에 대한 불평과 불만을
토로하는 것이었다고 말한 적이 있다. 그것이 그들이 가장
잘 알고 있는 것이기 때문이다. 리얼리즘이 무슨 예술
밖의 세계에 대해 이야기하는 것이 아니다. 많은 래퍼들이
'가짜'들을 까고 뭐 이런 가사들을 쓰는데, 그런 건 대부분
그냥 게임이고 하나의 가사적 관습일 뿐이다. 그런데
이센스 노래를 듣다 보면, 애는…… 진짜 싫어. 진짜로. 이
부분에서 김심야와 이센스는, 둘이 놓여 있는 상황은 많이

다를지라도 정말 많은 공통점을 갖는다. 금정연, 정지돈의 말을 따르면…… 이 둘은 영혼이 위상 동형이다. 이센스와 김심야.

뭐가 그리 싫지? 많지. 그래도 문화예술계 하면 유명한 것은 위선이다. 실제로 명불허전이기도 하고. 문제는 위선을 비판하는 것이 거의 불가능하다는 사실에 있다. 그럼 너는 깨끗하냐? 하는 반론이 곧바로 돌아오기 때문이다. 당연히 안 깨끗하다. 탈무드의 굴뚝 이야기가 전형적인 예시를 제공해 준다. 같은 굴뚝에 들어갔는데 누구 얼굴만 검고 누구 얼굴만 하얄 수는 없는 것이니까. 하지만 그래도 "난 어떤 그 누구와도 다르다며 깝치는 게 아냐"(「Dance」)라고 말하고 싶은 답답함이 남는다. 어떤 구조 안에서 그 구조를 비판한다고 하는 일들이 대개 그런 모순에 처해 있다. 그러니까 굴뚝을 그냥 나가고 싶지. 중요한 건 이런 구조 안에서는 무슨 말을 해도 자기 얼굴에 침 뱉기라는 것이다. "연예인병 욕하는 내 주정도 연예인병, 모순 느끼는 날 강박 하나 더 생겨."(「WTFRU」) 어쩌면 문화예술계에서 진짜 진짜 진짜로 싫은 건 이 강박이 없는 인간들이다. 그러니까, 연예인은 차라리 낫고. 차라리 나은 게 아니라 그냥 좋은 거지. 문제는 이런 것이다. "되기 전에 하는 말은 다 유치하지. 나더러 막 터는 주둥이라니. 그래 놓고 지 말들은 꿈이라지."(「COLD WORLD」)

　　말은 공유해야 하는 것이라서, 내가 하는 불평불만을 남들도 다 하는 것 같다. 분명히 뭔가 다르다고 느끼는데 말로는 그것을 표현할 수가 없다. 왜냐면 표현되는 말이 같으니까. 근데 또 "지 말들은 꿈"이고, 자기들은 다르다고 말하는 걸 보면 뻔뻔하다는 말밖에 뭐 더 할 수 있는 말이 없다. 한 줌의 탈출구처럼 보이는 것은 문화예술계 내부의 소수에게 어떤 면죄부를 부여하는 것이다. 그 면죄부란 이런 구조에 휘둘리지 않고 정말 자신만의 시선과 자신만의 언어를 가진 이들이 있다는 것, 그러니까 '진짜는 진짜를 알아본다'라는 식의 어떤 자급자족적 동력 구조, 혹은 문화예술계 내부에서 우정 등등의 형태로 그것을 삐져나오는 어떤 순수성의 발견의 형태를 띤다. 그러나 이센스에게는 그 둘 모두가 부질없는 환상일 뿐이라는 것을 안다. 'Real recognize Real'이라는 상투어는 징그러울 뿐이고, "선수끼리 의리는 개뿔 전부 일하는 것뿐"(「Everywhere」)이다. 문학을 하면서 느낀 건 참 이상하게도 잘 쓰는 것과 잘 보는 것이 정말 거의 일치하지 않는다는 것이다. 물론 잘 쓰면서 잘 보는 사람도 있다. 그런데 일반적으로 잘 쓰는 것과 잘 부는 것은 전혀 별개이고, 그냥 잘 쓰는 사람은 잘 쓰고 잘 보는 사람은 잘 보고 그런다. 그리고 전자보다 후자가 더 드문 것 같다.

아무튼 그렇다. 그러니까 무슨 방식으로 뭘 얘기해도 다 그냥. 그렇다고 잘하는 사람 자체가 많은 것도 분명 아닌데. 이센스도 대체 왜 그리 호들갑을 떠느냐는 식의 가사를 많이 쓴다. 문제는 이런 거다. 이런 문제의식이 전혀 없이 뭔가를 하면 그게 좋을 수가 없는데, 또 누구는 그게 좋다고 하고, 그러면 거기서 뭐라고 하나. 뭐라고 하면 바로 대중을 무시하냐고 그러고, 좋아하는 것에 기준과 서열을 둔다고 그러고, 그러니까 네가 망하는 거라고 그런다. 그런 다음에 이쁘게 웃으며 여러분을 다 사랑한다는 말까지 해 주면 완벽하다.

그럼 뭐라고 할까? 뭐라고 할 수가 없지. 할 이유도 없다. 그냥 "저 새끼와 내가 비슷한 게 느껴지는 순간/ 너무 싫은 거고 달라져야 될 이유가 확실해지는 거지"(「Dance」) 내부에서는 달라질 수가 없으니까, 유일한 방법은 굴뚝을 나가는 것뿐이다. 멜론 1위? 오히려 좋지. "저 새끼와 내가 비슷한 게" 싫은 건데, 재가 멜론 1위를 하면 나는 멜론 1위까지 자연스럽게 싫어할 수 있으니까. 굴뚝에서 나가는 데에는 추진력이 된다. 그러니 좋은 건 네가 다 하라는 식으로 쓰게 되는 것이다. 나도 좋은 게 싫다. 싫어하는 걸 줄이려고 하는 데도 그렇다. 아침 댓바람부터 이런 걸 쓰고 있는 나도 나고. 이건 제목을 '이센스와 문화예술계'로 해도 되고, '이센스와 떠나가기 (1)'로 해도 되는 내용인데, 그냥

'이센스와 멜론 1위'로 했다. 이 연재는 길게 하려고 하는 게
아니다. 다음 편은 '이센스와 떠나가기'.

'이센스와 멜론 1위'로 했다. 이 연재는 길게 하려고 하는 게
아니다. 다음 편은 '이센스와 떠나가기'.

이센스와 떠나가기: 「Down with you」

그냥 돈 좀 모이면 뜰라고 여기/ 못하는 게 왜 이렇게 많아
완전히 숨통이/ 콱 막히는 기분 (「BUCKY」)

넉넉히 챙겨 놓고 생각해 보자/ 언제든지 엿 같아지면 바로
떠날 수 있게/ 모아 둔 것들 다 편도 티켓 (「Down with you」)

11시간 날아서 얻을 휴식/ 짐 싸네 살러 갈듯이 (「MTLA」)

난 아마 사라져 있을 거야 10년 뒤엔/ 한 번에 사 그 티켓,
한 번에 사 그 티켓, (「BOBOS MOTEL」)

수상할 정도로 사라지겠다, 떠나겠다는 말을 많이
하는 래퍼……. LA로 가고 싶어 하고 파리로 가고 싶어
하고……. 그런데 왜 떠나겠다고 하는지에 대해서는 이전
글에서 조금씩이지만 대부분 이야기했다. 그러니 이제는

그러면 왜 이렇게 떠나겠다는 사람이 떠나겠다는 말만
하고 붙어 있는지에 대해서 이야기를 하는 게 나을 것
같다. 말하자면 그게 떠나가기에 대해 가장 잘 말하는
방식이라고 생각된다. 왜 안 떠나는지. 실제로 힙합 신을
떠나는 사람들도 많고, 그 이유나 형식도 다양한 것처럼
보이는데 이센스 본인은 막상 힙합 신을 떠나지 않은
것처럼 보이니까. 그리고 이런 의문들에 대한 답은 사실상
다음 질문에 대한 대답과 거의 분리해 생각할 수가 없다. 즉
떠나겠다는 말을 여전히 힙합이라는 형식 속에서 발화하는
것은 단순한 이데올로기적 환상에 불과한가? 그것은 어떤
의미를 가질 수 있을까?

　　이센스가 떠나겠다고 하며 티켓 이야기를 하는데……
나도 티켓 이야기를 한 번 쓴 적이 있다. 이제는 그 원고가
실렸던 웹진이 사라져서 읽을 수는 없지만……. 대충
문단 권력에 대한 어떤 익명 대담을 읽고 쓴 글이었는데
그 대담에서는 어떤 자율적 행위를 불가능하게 하는
문단 권력을 비판하면서, 한편으로 등단 그 자체는
권력이라기보다는 어떤 티켓에 불과하다는 말이 나온다.
내가 보기에는 이상한 말이었는데 권력은 언제나 티켓
그 자체였기 때문이다. 그래서 그런 내용에 대해 썼다.
그러면서 한편으로 나는 그 티켓이 내게 필요하다고 쓰기도
했다. 왜냐하면 티켓이란 들어갈 때만 쓰이는 것이 아니라

나갈 때도 쓰일 수 있는 것이기 때문이다. 나는 나가고
싶었다. 나의 개인적인 경험에 비추어 말하자면 그렇다.
나는 떠나고 싶었는데 그건 이곳에 들어오기 전부터
그랬다.

　　대충 친구들이랑 그런 이야기를 했었다. 시를 쓰는데
또 너무 힘들고 하니까. 다들 열심히 하는데 좋은 소식은
없고. 그러니까 우스갯소리로 하는 말이 절필을 좀 하고
싶다. 그런데 펜을 꺾고 싶어도 꺾을 펜이 없다……. 지금
그만두면 그냥 안 한 거지 그만둔 게 아니잖아? 그만
두고 싶다……. 사실 이게 어떻게 보면 말도 안 되고 혼자
망하기 딱 좋은 생각이기도 하다. 그러나 어쨌든 중요한
건 나가고자 하는 것이 욕망을 버리는 일은 아니라는
사실이다. 그것은 욕망의 한 형식일 뿐이다. "비우고
살지 못해/ 이 끝에 뭐가 있나 보고 와야겠어/ 손에 쥐어
봐야겠어/ 몰라도 된다는 게 뭔지 알아야겠어"(「알아야겠어」)
그리고 누군가는 이런 욕망을 가지고 있다. 물론 뭐 보기에
이쁜 그런 욕망은 아니다. 하지만 아무튼 그런 사람에게
어떤 장에 진입하는 것은 욕망의 실현이 아니라 욕망의
실현을 위해 필수적으로 거쳐야 하는 단계가 된다.

　　그렇다면 좋다. 그러면 기왕에 들어왔으니 이제 나가면
되는 것 아닌가? 나도 그런 생각을 한다. 지금 내가 뭐 하는
거지? 그냥 한순간에 편하게…… 하지만 한편으로는 이런

생각도 든다. 이를테면 문학 장에서 나간다는 말이 글쓰기 자체를 그만두는 것과 동의어일까? 글쓰기 자체를 그만두는 것은 싫다는 말은 접어두고서라도. 그러면 글쓰기를 그만두면 글쓰기를 그만두는 것이 될까? 또는 글쓰기를 그만두는 것은 글쓰기를 떠나기 위해 상상할 수 있는 방법들 중 가장 식상한(혹은 실효성이 낮은) 방법은 아닐까? 이런 생각들을 하다 보면 결국에는 대칭성의 견지에서 생각해 보게 된다. 예컨대 문학장에 들어오는 방법은 여러 가지가 있다. 가장 대표적인 길이라고 여겨지는 신인상을 통한 입문 역시 어떤 의미에서는 발명이라는 과정을 거쳐야만 한다. 자신만의 무엇이라고 여겨질 수 있는 뭔가를 내세워야 통과가 된다는 것이다. 그 외 다른 길들에서는 말할 것도 없다. 나 같은 경우에는 어쨌든 내가 느끼기로는 시집을 냈을 때 무엇인가를 통과한 것 같았다. 그렇게 하기까지 7, 8년 정도가 걸렸다. 그러면 산술적으로 그냥 곧바로 턴해서 뒤돌아 걸어가더라도 나가는 데 그 정도 걸리는 것이 이상한 일은 아니지 않을까?

오히려 이런 것이 이상한 생각일까? 그럴지도……. 첫 시집을 막 내고 난 뒤에 친구에게 짧은 편지를 쓸 일이 있었는데 거기서 나는 이 첫 시집은 문단에 들어오기 위해 쓴 시들이고, 이제부터는 나가기 위한 시들을 쓰려고 한다고 이야기했다. 어떻게 보면 신기하기도 한 게, 원래는

지금처럼 구체적으로 이런 생각들을 했던 건 아니지만
그냥 그래 왔던 것 같다. 위에서 얘기한 티켓 글도 내가
평론 등단 후 몇 년 정도 개점 폐업 상태로 있다가 급히
돈이 필요해서 쓰게 된 글인데, 사실상 내 커리어의 첫 번째
글이라고 내게는 생각되는 글이고. 그런 글에서 나가고
어쩌고 이런 이야기를 하고 있다.

이 모든 주절거림이 필요한 이유는 떠나가기가
회피하기가 되지는 않기를 바라기 때문이기도 한 것 같다.
더러운 것을 버리려고 하는 것도, 혼자 고상해지려는
것도 아니고. 그러고 싶지도 않고, 그러려고 하는 것도
아니다. 어쩌면 나가는 것이라고 쉽게 뚝딱 해낼 수 있다는
생각이 더 환상에 가까울지도 모른다. 그러니 이센스가
떠난다 떠난다 해도 "사실 아직까지 못 받아들인 몇 가지/
때문에 그냥 하는 소리고 난 여기서/ 끝장을 보긴 해야
해. Baby, I'm down with you"(「Down with you」)라고 적는
이유도 비슷하지 않을까 생각을 해 본다. 결국 나는 들어올
때 들어오기 위한 자신만의 방법을 발명해야 하듯이,
나가기 위해서도 나가기 위한 자신만의 방법을 발명해야
한다고 생각한다. 글쓰기가 으레 그렇듯 그 발명의 형식은
완성되기 전까지는 어떤 모습을 갖추게 될지 알 수 없다.
미리 상상하기도 어렵다. 나도 궁금하고 잘 모르겠고,
실패할 수도 있는 일이라고 생각하고 하지만 누가 보채지

않아도 알아서 그렇게 하려고 노력하고 있다. 그냥 뭐……
그래도 들어오느라 익힌 것들이 있으니 나가는 데에는
조금 덜 걸릴 수도 있겠지 싶기도 하고. 사실 이 글에는
「MTLA」를 걸어 두려고 했었는데, 적다 보니 「Down with
you」가 더 나을 것 같았다…….

김심야와 돈: XXX,* 「18거 1517」

『에넥도트』 앨범의 가장 강렬한 라인이 멜론 1위에 대한 것이었다면 김심야와 프랭크의 앨범 『Language』에서 가장 강렬한 라인은 "아버지, 벤틀리는 죄송하지만 없던 걸로."(「18거 1517」)가 아닐까?

사실 이센스와 김심야는 위치가 많이 다르다. 그들이 놓여 있던 상황, 게임의 판도라는 면에서 그렇다. 이센스는 한국힙합의 2세대로, 말 그대로 힙합이 무엇인지 정립해 가는 과정 중에 있었다. 이센스를 널리 알렸고 한국힙합 믹스테잎 최고의 아웃풋이라는(그리고 그건 사실이기도 한데) 『New blood, Rapper Vol.1』를 내놓았던 2008년에조차도, 한국힙합계에는 여전히 '한국어 라임 논쟁'이 아직 완전히 사그라들지 않았었다. 말 그대로 한국어로 라임이 가능한가, 라는 이야기인데 「쇼미더머니」 이후 힙합이 급속도로 대중화되고 마음먹고 조금만 생각을 하면 누구나 어렵지 않게 한국어 라임을 사용하게 된 지금 시점에서는 대체

■ 래퍼 김심야와 DJ이자 프로듀서인 FRNK가 결성한 힙합 그룹.

무슨 소리였을까 하는 생각이 들 수도 있다. 그런데 이건 애초에 영문학과 국문학을 비교연구하는 과정에서, 명사가 문장의 끝에 오는 SVO(주어 동사 목적어)형 언어와 달리 서술어가 끝에 오는 SOV형 언어로는 라임을 구사하기가 어렵고, 그것이 한국어 시에서 각운이 발달하지 않은 이유이며, 등등 사실 뼈대가 있는 이론적 해석이었다. 그리고 실제로 상당 부분은 사실이기도 하다. 한국힙합이 라임을 구사하기 위해서는 어순을 바꾸거나 의미 단위를 통상적이지 않은 층위에서 분절시킨다든가, SVO형 언어에 비해 훨씬 더 곡예가 필요하다. 다만 한국어 라임에 비관적이었던 이들은 그러한 곡예가 자연스러움의 수준에까지 도달할 수는 없다고 보았던 것인데, 한국힙합 플레이어들은 그것을 개척해 냈다. 나는 늘 이것이 한국어에 대한 한국힙합의 거대한 성취라고 생각하는데, 내가 느끼기에 한국힙합이 한국어 라임을 개발하기 전까지 한국어에는 정말로 라임이 존재하지 않았고, 그래서 라임이라는 개념을 아는 사람조차도 드물었다. 나는 2000년대 한국힙합은 문학이나 인터넷 자체를 포함한 그 어떤 요인들보다도 한국어에 더 큰 변화를 가져왔다고 생각한다.

　　아무튼 라임이라는 것이 힙합의 기초인데 그것의 가능성에 대해서조차 이견이 많았으니, 그때가 대략

어떤 상황이었는지 감이 올 것이다. 이센스가 '9단지
독서실'이라는 아마추어 랩 그룹과 디스전을 했다는 사실
자체가 그러한 상황을 적나라하게 보여 주는 것이기도
하다. 9단지 독서실을 비하하는 것이 아니라, 지금 시점에서
보면 그냥 이 둘은 뭔가 말을 섞고 그럴 레벨이 아니다.
정말이지 아무것도 없었던 것이다. '선수'들에게 한국힙합이
나아가야 할 방향성은 이미 뚜렷했지만 현실은 여전히
뒤처지고 있었다. 그런 상황에서 언더그라운드는 온갖
가짜들과 함께 힙합의 미래와 진정성, 가능성을 동시에
가지고 있는 장소였다. 지금 이름이 남아 있는 2세대
래퍼들은 말 그대로「진흙 속에서 피는 꽃」(더콰이엇)이었고,
지금 한국 래퍼들이 거머쥔 정도의 돈은 그야말로 미래의
희망에 속해 있던 것이었다. 그들은 돈이 아니라 힙합으로
돈을 벌 수 있는 환경부터 바라야 했던 것이다.

　　그러나 역설적으로 바로 그랬기 때문에 2세대
힙합에서 힙합이라는 장르에 대한 고민은 더욱 치열할
수밖에 없었다. 환경을 만드는 것이 목표였기 때문에,
말하자면 현실을 건설해야 했기에 그들은 아직 부재하는
현실을 정의해야 했다. 그들은 힙합을 통해 힙합이라는
장르를 정의해야 했던 것이다. 이것은 아주 전형적으로
순수예술적인 모티프다. 그러나 한편으로 앞으로 건설될 그
현실이 돈이라는 물질적 가치와 결부되어 있기에 이것은

마냥 순수예술이지만은 않은 힙합과 아직은 대립하는
단계가 아니었다. 그러니 가난도 전적으로 가난한 것은
아니었다. 가난은 패배를 의미하지 않았는데 왜냐하면
패배를 선고할 현실이 아직 도래하지 않았었기 때문이다.

2000년대 한국힙합은 이 기묘한 시간성 속에
있었다고 생각된다. 그리고 그 기묘한 시간성의 방향이
「쇼미더머니」로 향하는 것이 정해지고 나면, 이제는 다시
「쇼미더머니」로부터 거슬러 올라가 그 이전의 한국힙합을
선형적인 성장의 곡선으로 볼 수 있게 된다.(이는 당연히
이제부터 그것만이 유일한 현실이 된다는 뜻이기도 하다)

그렇게 보면 2세대 래퍼들은 한국힙합 신과 성장을
함께했고, 그들이 판을 키운 것이기도 하지만 어떤
의미에서는 판이 성장하는 그 흐름 속에서 그들도 함께
자연스러운 성장의 곡선을 밟게 된 것이다. 꿈을 향해
노력하는 청년기로부터 금전적 가치로 그것을 돌려받는
성년기까지의 과정. 한국힙합이 돈 이야기를 시작할 수
있게 된 건 더콰이엇, 도끼, 빈지노의 '일리네어 레코즈'에
와서부터라고 생각한다. 돈 얘기를 하는 게 요즘에야
식상하지만 돌이켜 보면 그것도 하나의 혁명이었고,
혁신이었다 그리고 돈 이야기를 하는 것을 포함해
그런 이야기가 낯부끄럽지 않은 환경 자체를 이루어 낸
이들은 이전의 언더그라운드에서 한국힙합을 건설해 낸

플레이어들이었다. 「쇼미더머니」는 한국힙합의 성인식, 통과의례 같은 것이었고, 다음부터는 그 전까지와는 전혀 다른 판이 깔리게 된다.

　"어느 새부터 힙합은 안 멋져"(「불협화음」)라고 말하게 되는 것이다……. 나는 개인적으로 그게 강 건너 불구경하며 하는 속 편한 소리라고 생각하긴 하지만, 어쨌든 대중음악 속에서 순수예술적인 모티프를 가지고 있는 이찬혁이 할 법한 이야기이긴 하다. 오디션에서의 성공이 곧 래퍼의 성공이 된다. 앨범 단위의 완성도보다는 경연에서의 자극적인 한 곡이 훨씬 더 중요해진다. 그리고 래퍼로서의 성공과 물질적 성공의 거리가 지극히 가까워진다. 결정적으로, 무엇인가를 만들어 가는 것이 아니라 빨리 습득하는 것이 중요한 판으로 바뀐다. 기술적으로 괜찮은 래퍼가 되는 데에 힙합이라는 장르 자체에 대한 고민이 필요하지는 않은 것이다. 나는 이 부분이 특히나 김심야의 심기를 거슬렀을 것이라 생각한다. 김심야는 정말이지 순수예술적인 욕망을 많이 가지고 있는 래퍼다. 그러나 계속 이야기하지만 힙합이 자체로 순수예술인 것은 아니다. 아이러니하게도 '언더그라운드'가 힙합 그 자체였던 시절의 힙합보다, 「쇼미더머니」의 힙합이 본토의 힙합에 훨씬 더 가깝다.

　그리고 김심야는 「쇼미더머니」 이후의 래퍼다.

돈…… 왜 안 벌고 싶을까? 그는 2세대 래퍼들과 비슷한
욕망을 공유한다. 이전 글에서 이센스와 김심야는 영혼이
위상동형이라고 했는데, 이 점에서 그렇다. 힙합이라는
문화를 발전시키고, 그 발전의 궤적 안에서 자신의 자리를
새기고, 그것을 통해 돈을 벌고 싶어 한다.(물론, '했다'라고
써야 정확하겠지만.) 그러나 이센스에게는 가능했던 것이
김심야에게는 가능하지가 않다. 이것은 단순히 시대착오의
문제가 아니다. 왜냐면 2세대 래퍼들 역시 그런 방식의
당겨진 미래 속에서, 「그날이 오면」(화나Fana)이라는 열망을
공유하고 있었기 때문이다. 바뀐 것은 그때 힙합이라는
현실이 부재했다면 지금은 힙합이라는 현실(그 현실을
대표하는 기표가 「쇼미더머니」다.)이 존재한다는 것이다.
그러므로 김심야에게 가난은 가난이다. 실패는 실패다.
가난하지만 뛰어난 래퍼라는 말 자체가 우스꽝스러운 것이
된다. 더 이상 현실의 여분이 존재하지 않는 것이다. 그러니
"먹고 살기 힘든 건 똑같은데/ 알맹이 꽉 찬 거 하려는
애들만 괜히 존나 배고프지"(「Season off」)라는 것만 문제가
아니다. 문제는 '진짜'라는 자리 그 자체가 사라졌다는
것이다. 그가 "돈 얘긴 그만/ I just wanna talk art"(「뭐
어쩔까 그럼」)이라고 말해두, 결국 돈 말고는 다른 어떤 것도
없음이 드러난다. 돈이 바로 예술이고 진정성이고 실력이기
때문이다. 「뭐 어쩔까 그럼」에서 김심야는 예술이라는

기표로부터 다양한 경로로 출발하지만, 기차놀이처럼
이어지는 그 모든 경로의 끝에서 그는 돈이라는 최종
심급과 거듭해 마주칠 뿐이다.

> 예술은 인간/ 인간은 욕심/ 욕심은 돈/ Wait Hold up/ 돈
> 애긴 그만/ I just wanna talk art/ 예술은 상업/ 상업은 이익/
> 이익은 돈/ Wait Hold up/ 돈 애긴 그만/ I just wanna talk
> art/ 예술은 사랑/ 사랑은 자연/ 자연은…….
> ─XXX, 「뭐 어쩔까 그럼」에서

그러므로 이센스와 달리 김심야는 wack mc들을
부정하는 것만으로는 결코 충분할 수가 없다. 이센스가
9단지 독서실을 디스해야 했다면 김심야는 힙합이라는
현실 그 자체를 디스해야 한다. 똑같은 욕망이 힙합을
건설하기도, 반대로 힙합으로부터 팅겨져 나오게 만들기도
하는 것이다. 결국 김심야는 힙합을 통해 돈을 번다는
바로 그 욕망, 어떻게 보면 힙합의 가장 탐욕스럽고
진실한 심장인 바로 그것을 거절할 수밖에 없다. 앨범
『Language』의 첫 곡인 「18거 1517」은 재밌는 구조를
가지고 있다. 그는 이 노래의 전반부를 "하지만 약속하겠어
아버지/ 내가 성공하면 꼭 저 쇳덩어리에 우리 가족을/ 다
태울 걸 말이야"라고 끝맺는다. 그러나 비트가 바뀌고 "Cut

that bullshit"으로 시작하는 후반부 벌스에서 그는 "아버지 차는 아무래도 멀쩡한 것 같아/ 아들은 뚜벅이니까 노여워 마시는 걸로"라는 라인을 지나 마침내 "현실을 거슬러 폼만 잡던/ 병신은 결국에 여기 제대로 질렸어/ 아버지/ 벤틀리는 죄송하지만 없던 걸로"라는 마지막 구절에 도착한다. 김심야에게는 힙합을 계속한다는 것이 곧 힙합을 그만둔다는 말과 같은 것이다.

김심야와 떠나가기: XXX, 「다했어」

—— 2022.11.12

난 다했어 이제 랩은 쓸모없는 짓

난 다했어 이제 운 좋게 벌어먹는 짓

난 다했어 이제 근데 시키면 또 하겠지

먹고사는 게 이런가 보네

참 쪽은 다 팔고 돈은 돈대로 없어

—XXX, 「다했어」에서

「다했어」는 나에게 어떤 통로 같은 곡이었다. 긴 이야기지만 짧게 줄이면 결국 이 곡을 계속 돌려 듣다가 점차로 XXX의 모든 앨범을 다 찾아 듣게 되었다는 것이다. 그만큼 어떤, 김심야가 보여 주고 싶었던 세계와 그를 모르는 바깥 세계의 교집합이 되는 곡이라는 느낌인데, 김심야 본인도 인터뷰에서 「다했어」 같은 노래는 매우 대중적이라 생각해서 실제로 '이건 히트칠지도……?' 같은 생각을 했었다고 한다. 실제로 히트를 쳤다고 말하기에는…… 애매한 것 같다.

아무튼 내게는 참 듣기 편하고 좋은 곡이다.
중요하다고 생각되는 곡이기도 하고. 이센스 이야기를
하며 자가당착 이야기를 했던 것 같은데, 김심야에게
있어서도 마찬가지다. 예전에 '미완결'에 관련된 짧은
글을 쓸 일이 있었는데, 그때 나는 김심야에 대해 쓰다 만
일기를 인용하며 그 글을 시작했었다. 그 일기도 김심야의
「다했어」에 대한 글이었는데 인용했던 부분은 아래와 같다.

김심야에게 문제는 어떤 아티스트들이 수준 미달이고 그런
아티스트들이 유명하다는 것만이 아니다. 진짜 그를 미치게
만드는 건 그에게 주어진 언어, 즉 그가 속해 있고 그의
모든 작업의 물질적 기반을 제공하는 네트워크 속에서(언어
자체는 이 네트워크의 물질성 이외에 아무것도 아니다.) 그것에
대한 정당한 비판이 불가능하다는 것이다. 왜냐하면 그
언어 자체가 비판의 대상인 수준 미달의 아티스트들 없이는
마찬가지로 존재할 수 없었을 것이며, 혹은 그들에 의해
필연적으로 '오염'된 채로만 주어지기 때문이다. 그러므로
그들에 대한 비판은 결국 동어반복의 늪에 빠지고, 그
자신에 의해 "뻔한 얘기"라고 일축되며, 병렬적으로
이어지는 조롱의 목록 속에는 "나처럼 다 아는 척 써
제끼는" 모습까지 포함될 수밖에 없다.(「다했어」) 하지만

동시에 그러한 비판, 혹은 비판에 대한 정당화되지 않는
욕망 없이 그의 작업은 성립 불가능하다. 이것은 김심야
작업 전체의 토대가 되는 그의 자가당착이다.

지금 보면 왜 이렇게 어렵게 썼지? 싶기도 하다. 그냥
탈무드 굴뚝 이야기를 또 한 것이다. 그럼에도 굴뚝에
들어가 똑같이 얼굴이 더러워지지 않는 이상에는 아무것도
시작할 수 없다는 것. 이센스에게 이것은 자신의 삶과
예술을 구성하는 다양한 요소 중 (꽤나 비중을 많이 차지하는)
하나이지만, 김심야에게 이 모순은 거의 그의 작업 세계의
핵심과도 같으며, 그래서 이 주제는 김심야에게서 훨씬
더 직접적이고 구체적으로 다루어지는 측면이 있다.
왜냐면 돈이라는 탈출구가 이센스에게는 어찌되었든
주어져 있지만(물론 그것은 또 다른 종류의 고민을 가져온다.)
김심야에게는 그렇지가 않기 때문이다. 예컨대 이센스는
"웃기게도 영혼 안 판단 말이 내 밥벌이"(「WTFRU」)라고
말하면서도 그래도 돈 때문에 한다, "어젯밤엔 하루에
2천만 원 벌었어"(「Down with you」)라고 말할 수 있지만,
김심야는 그럼 뭐라 할 것인가? 돈은 돈이고 물론 자체로도
중요하지만, 여기서는 어쨌든 예술을 하고자 하는 마음의
정당화에 관한 문제를 이야기하는 것이다. 돈도 안 벌리는
일을 왜 계속하는지를 설명하는 일은 훨씬 더 어려운

것이다. 돈을 벌고 있으나 벌지 않고 있으나, 그만둘 수 없는 건 똑같은데.

외부의 반응으로부터 내 작업의 추동을 얻을 수 없으면 그것은 당연히 내부에서 찾아져야 한다. 자기 표현의 마음? 그렇지만 김심야는 예술이 단순히 어떤 자아의 표현 수단이라든가, 혹은 그러한 추동이 영속적일 수 있다고 믿을 만큼 순진하지 않다. "여린 마음으로 적어 내는/ 소망 같은 건 다 어릴 때지/ 모두 자신을 표현하겠다고/ 발을 떼지만/ 재미없어서 들어 주지도 않는/ 음악에 표현 같은 소리하네/ 빨들은 수명이 길어 봐야/ 몇 년인데 자식은 먹여 살려야지"(「outro」) 이런 가사는 예술의 표현적 측면을 아예 부정하는 것은 아니라 하더라도, 그것이 단지 생계 문제로 가로막힐 수 있다는 것 이상의 회의를 이미 내포하고 있다.

그럼 무엇 때문에? 나도 이런 생각을 많이 했고 대략 다음과 같은 생각을 했다. 이 추동은 내부에서 찾아져야 하고, 동시에 어떤 감정적인 측면에 의지하지도 않아야 한다. 왜냐하면 외부는 나를 외면하고 있으며 감정적인 것은 늘 변화하여 오랫동안 의지할 만한 것이 아니기 때문이다. 나는 그래서 '그래두 할 건 해야지.'라고 생각했다. 그러니까 그것은 일종의 의무가 되는 것이다. 물론 이 의무는 스스로 부과한 것이지만, 일단 그것이 의무로서 부과된 다음에는 나의 어떤 변화와도 무관하게 지속하는

어떤 것이 된다. 거기에는 이유가 필요 없다. 나는 내가
해야 할 것을 해야 한다. 왜냐하면 나는 그것을 해야 하기
때문이다. 칸트가 도덕법칙을 수행하는 유일한 형식으로서
의무를 발견한 것은 의무가 가진 이러한 성격 때문이다.
그러나 이것은 단지 도덕법칙, 그러니까 윤리와만 관계하는
것은 아니다. 오히려 우리는 반대로 말해야 할 텐데,
이러한 형식을 갖는 모든 추동이 곧 윤리라는 것이다.
예술의 윤리를 이야기할 때 나는 이것 말고 다른 어떤 것을
떠올리지 않는다.

「다했어」라는 말은 그러한 토대 위에서 말해질 수 있는
것이다. 해야 할 게 없었다면 다했다는 말이 나올 이유도
없다. 하지만 『교미』부터 시작해 『Moonshine』『Language』
『Second Language』까지 내놓은 김심야 입장에서는 이제
할 만큼 했다는 생각이 들 법도 하다. "지금 은퇴해도 내
위치는 locked and good"(「Process」)인 것이다. 이러한
사태를 방지하기 위해 칸트의 도덕법칙은 그것이 내세에서
완성될 수 없다는 전제 조건을 가지고 있다. 즉 선을 향한
추구는 무한하여 언제나 더 나아갈 지점이 있고 결코 끝날
수 없는 것이다. 그러나 우리가 예술의 영역에서 어떤
한정된 지점을 의무로서 부과한다면 그것은 끝날 수 있다.
이것이 끝나고 나면 정말로 무엇이 남는가?

남는 것은 관성이고, 남은 것이 전혀 없다는 그 사실

자체, 그러니까 주체성의 소멸이다. 그래서 "난 다했어 이젠"이라고 말하자마자 곧바로 그 뒤에 "근데 시키면 또 하겠지"라고 말하는 화자가 등장하게 되는 것이다. 그는 관성이 자기 자신을 대체하는 것을 내버려둔다. 그는 떠나가기를 포기하고, "참 쪽은 다 팔고 돈은 돈대로 없"는 자신의 상태를 받아들이는 것이다.

하지만 그렇다고 김심야의 작업적 여정이 여기서 끝이라는 것은 전혀 아니다. 오히려 반대에 가까울 것이다. 지젝은 주체란 주체화의 반댓말이라고 명확하게 이야기한 적이 있다. 어쩌면 주체란 더 이상 내놓을 것도 포기할 것도 없는 바로 그 상태를 이야기하는 것뿐이다. 그리고 「다했어」가 수록된 『Second Language』 이후 그는 믹스테잎 『Bundle1』에 이어 첫 솔로 정규 앨범 『Dog』를 내놓으며 어떤 의미에서는 또 한 번의 첫 걸음을 내딛고 있는 중이다. 김심야는 그 자신의 말대로 해야 할 것을 다했으므로, 이제는 아무것도 해야 할 필요가 없지만 해야만 하는 그런 종류의 작업들을 해 나가야 하는 것이다.

후기: 「DANCE」

—— 22.11.14

어떻게 연재를 끝까지 마쳤다. 마치고 나서 원고지 매수로
계산해 보니 정말 얼마 안 된다. 그래도 왠지 모르게 길게
느껴졌는데……. 마지막 「김심야와 떠나가기」 편이 조금
마음에 안 들기는 한다. 사실 김심야는 한 편 정도 더 써도
되는 건데 그냥 이제 착수해야 하는 일들도 다가오고 해서
좀 서둘러 끝낸 감이 있다. 중간중간 이 글들을 어디로
끌고 가야 하나 좀 우왕좌왕했던 면도 있고. 그런데
결과적으로 이렇게 끝났으니 이렇게 끝날 글이었던 것처럼
느껴진다. 내가 음악적으로 할 말이 많이 있는 것도 아니고.
예전에 학교 다닐 때 아마 1학년 때였나, 학과 교수님께
전공 글쓰기 수업을 듣다가 머리에 콱 박힌 말이 있었다.
여러분은 글을 쓸 때 처음 중간 끝 이래가지고 뭔가 글을
끝낼 때 어떻게든 마무리를 하려고 하는데, 그런 것 필요
없어요. 할 말이 끝나면 그냥 거기서 끝내면 됩니다. 그게
제일 좋은 끝이에요. 이러는데 와, 정말 그렇구나. 그

이후로는 글을 쓸 때 그렇게 끝낼 수 있도록 노력해 오고 있는데, 어찌 보면 이 연재 글도. 할 말이 딱 끝났을 때 그냥 끝난 거니까. 그러면 좋은 끝인 것으로 생각하려 한다.

개인적으로는 이 글을 쓰면서…… 자연스럽게 이센스와 김심야 노래를 새삼 열심히 듣게 되어 좋았던 것 같다. 그리고 이렇게 저렇게 자아성찰을 하는 계기도 되었고, 앞으로 어떻게 살아야 할까……. 조금 충동적으로 이 연재를 시작했던 이유는 1차적으로는 블로그를 접고 싶어서였던 것 같다. 네이버 블로그를 한 지가 꽤 오래되었는데 이때까지 몇 번 비활성화를 했다 다시 쓰기 시작했고, 그런 것이 내 스스로는 별로 좋다고 생각되지가 않아서. 할 거면 하고 말 거면 말았으면 좋겠다고 생각하고 있었는데 저번에 「시적이라는 말의 쓰임과 운명에 대하여」를 계기로 어쩌다 또 어영부영 블로그에 글들을 올리기 시작하니까, 괜히 머리가 아팠다. 그러면 차라리 낮부끄럽고 구린 글들을 쓰면 접는 데 도움이 되지 않을까…… 대충 이런 생각이었나. 완전히 잘 기억이 나는 건 아니지만 대략 그런 느낌이었던 것 같다. 그것과 별개로 소재는? 소재는 그냥 소재 나름대로 내가 좋아했고 지금도 좋아하는 이센스와 김심야, 그리고 한때는 관심을 꽤나 가졌던 한국힙합 신에 대해서, 내가 어떤 시간을 투자했던 것에 대해 글을 쓰는 것이 그 시간에 대한 어떤 보답 같기도 하고, 그래서 좋았던 것 같다. 그냥 그렇게 개인적인 것들이었다…….

　한편으로는 이 연재를 쓰면서 자꾸 떠나가기 어쩌고 하니까 내가 왜 이러는 걸까 한번 돌이켜보는 과정에서 이런 생각을 하게 되기도 했는데. 예술이 떠나가기를 사유하는 것이 정당화될 수 있는 이유가 있다고 한다면 지금 우리는 가시화가 아니라, 히토 슈타이얼의 말을 빌리면 단 15초만이라도 비가시화되기를 갈망하게 되는 사회에 살고 있기 때문이 아닐까? 그러니까, 여전히…… 혼자 있고자 할 때 책이나 영화 같은 것들보다 나를 더 잘 도와줄 수 있는 것은 없다. 그 책이 재미가 있든 재미가 없든. 글쓰기도 비슷하고. 예술은 언제나 나타남과 떠나감의 얽혀 있음에 대한 놀이였고, 다시 말하면 우리에게 예컨대 자살이나 극단적인 칩거 같은 것이 아닌 다른 형태의 사라짐이 있을 수 있을까에 대한 모색이었을 수도 있겠다고 생각한다. 그리고 그것은 이 시대를 사는 우리에게 꽤나 도움이 될 수 있는 것이라 생각한다. 나도 좀 도움을 얻을 수 있으면 좋겠다. 어떻게 하는 건지 아직 잘 모르겠지만.

　그냥. 이 글을 쓰는 도중에도 기분이 오락가락 했고 글 자체도 기분이 좋은 날은 좀 좋게, 안 좋은 날은 좀 안 좋게 쓰였던 것 같은데. 지금은 그냥 다 좋게 보고 싶다. 블로그가 어떻네 이러네 저러네 하는 나도. 또 자의식 과잉 예술충 글을 썼네 하는 이런 생각도. 어두컴컴한 내 미래도…….

올해 하반기에는 엄청 열심히 돈을 벌었는데 그래서 친구들 생일 선물 같은 것도 좀 사 주고 밥도 좀 사 주고 했지만 결과적으로 이게 좋은 것인지 모르겠다. 힘도 부치고. 사실 내가 너무 나약한 것 같다. 읽을 책은 쌓여 있고 점점 더 쌓여 가는데 하나도 못 읽고 일에 관련된 것만 간신히 읽어 가는 게. 근데 또 인스타 릴스랑 유튜브 쇼츠만 무한정 쳐다보고 있던 내 모습을 생각하면…… 뭐 할 말이 없다…… 참 요즘 생각하는 게. 인생이라는 게 돌이킬 수가 없다. 매 순간이…… 무책임하게 살고 싶지 않지만 어쩔 수 없이 눈깜빡할 사이에 남한테 잘못을 저지르고, 갚을 수 없는 빚을 지고, 쪽팔린 짓도 하고, 그런데 그게 정말 악 하는 순간 과거가 되어 버려서 어떻게 손을 댈 수도 없고 그냥 영구적 손상이 되어 버린다. 이후에라도 뭔가 내가 할 수 있는 게 있다면 좋을 텐데, 노력은 고사하고 90퍼센트 이상 그런 기회조차 없다. 그런 짓 안 하려고 사는 것 말고는 별달리 남들보다 노력하는 것 없다고 생각하는 인생인데도 그렇다. 하지만 사실 바로 이런 생각을 하지 말아야 하는 건데! 근데 그런 생각이 든다. 인생은 시작점에서 감점식으로 진행되는 게 아니라고! 아닌데 그냥 그런 것 같아……. 없이 살아 가야지. 내가 누구보다 잘났다고 생각하는 것도 아닌데, 더 이상 뭐라고 할까. 그래도 내년엔 책을 많이 읽고. 돈은 없는 대로 좀 검소하게 살고. 그래도

최소한은 벌면서……. 근데 다 좋게 생각해야지. 어떻게든
되겠지. 그래서 「Dance」를 걸어 놔 봤다. 근데 다 그냥
될 것 같은데, 짜내 봐도 나쁠 게 없는데…… 뭐 사실이
아니더라도…….

지나가기 혹은 영원히 남아 있기

1판 1쇄 찍음   2026년 4월 10일
1판 1쇄 펴냄   2026년 4월 17일

지은이   강보원
발행인   박근섭·박상준
펴낸곳   (주)민음사

출판등록   1966. 5. 19. 제16-490호
주소   (우편번호 06027) 서울특별시 강남구
             도산대로1길 62(신사동) 강남출판문화센터 5층
대표전화   02-515-2000
팩시밀리   02-515-2007
홈페이지   www.minumsa.com

ⓒ 강부원, 2026. Printed in Seoul, Korea

ISBN   978-89-374-4929-1 (03810)